Dhá Scéal – Two Stories

Máirtín Ó Cadhain

DHÁ SCÉAL – TWO STORIES

Translations by
Louis de Paor, Mike McCormack, Lochlainn Ó Tuairisg

Published for the **Cúirt International Festival of Literature** by

ARLEN
HOUSE

Foilsithe ag Arlen House, 28 Aibreán 2006
Published as a special limited Centenary edition by Arlen House for the Cúirt International Festival of Literature on 28 April 2006

Arlen House
PO Box 222, Galway, Ireland
Email: arlenhouse@gmail.com
Phone/Fax 353 86 8207617

ISBN 1-903631-88-2, *crua/hardback*

Tugann Bord na Leabhar Gaeilge
tacaíocht airgid do Arlen House

Cover: Seán Ó Mainnín
Cover photo of Máirtín Ó Cadhain is reproduced by kind permission of Iontaobhas Uí Chadhain
Clóchur: Arlen House
Priontáil: Colourbooks, Dublin

CLÁR – CONTENTS

An dá scéal atá á bhfoilsiú anseo i bhfoirm dhátheangach den chéad uair, tá siad ar fáil cheana in *Cois Caoláire*, a d'fhoilsigh Sáirséal agus Dill i 1953, an tríú cnuasach gearrscéalta le Máirtín Ó Cadhain. Bhí 'An Strainséara' le foilsiú roimhe sin in *An Braon Broghach* (1948) ach dhiúltaigh An Gúm é a chur i gcló. Foilsíodh leagan de 'Ciumhais an Chriathraigh' in *Comhar* i mí na Nollag 1945 ach is léir cuid mhaith oibre a bheith déanta ag an údar air faoin am gur foilsíodh arís é in *Cois Caoláire*. Tá guth sainiúil an Chadhnaigh le brath ar fud na scéalta seo, i gcúrsaí stíle agus foirme, agus ó thaobh ábhair de: an chomhbhá lena chuid bancharachtar agus iad i gcruachás, a mhífhoighne le srianta an ghearrscéil chlasaicigh agus easpa dlúis ó am go chéile sa stíl aige, rud a d'admhaigh sé féin ar ball. An léargas a thugann na scéalta dúinn ar aigne an duine agus í faoi bhrú, treisíonn sé leis an tuiscint a chuir an Cadhnach chun cinn gurb í an aigneolaíocht an ní is tábhachtaí ar fad sa phrós nua-aimseartha. Ar shlí, d'fhéadfaí a rá go mbláthaíonn an stíl scríbhneoireachta a bhí á forbairt aige sa ghéibheann i gcaitheamh an Dara Cogadh Domhanda sna scéalta seo agus sa chuid is fearr de na scéalta in *An Braon Broghach*. Faoin am gur foilsíodh *An tSraith ar Lár* i 1967, bhí cur chuige de shaghas eile á shaothrú aige, ó thaobh ábhair agus ó thaobh teicníochta de.

The two stories published here with English translations for the first time are taken from Máirtín Ó Cadhain's third collection of short stories, *Cois Caoláire*, published by Sáirséal agus Dill in 1953. 'An Strainséara' was to be included in the 1948 collection *An Braon Broghach*, but was rejected as unsuitable by his first publisher, An Gúm. An earlier version of 'Ciumhais an Chriathraigh' was published in *Comhar* in December 1945, but was substantially revised by the author before being included in *Cois Caoláire*. Both stories contain unmistakeable traces of Ó Cadhain's signature, in style, form and content: the powerful sense of empathy with female characters in extreme circumstances, the dissatisfaction with the neat and tidy limits of the classic short story and, indeed, a certain awkwardness of style which he himself acknowledged as a feature of his early work. They are also a vindication of his stated belief that the perceptions into human psychology available through the techniques of narrative fiction are a defining principle of modern writing. In a sense, they represent the culmination of the work begun during his period of internment in Tintown, the military prison where he was detained during the war years, and where he began to develop his own particular style of writing, heavily influenced by the social realism of Maxim Gorky. By the time his next collection, *An tSraith ar Lár*, was published in 1967, Ó Cadhain had begun to explore other narrative possibilities, and his later stories are significantly different from his earlier work.

CIUMHAIS AN CHRIATHRAIGH

'Cé an smál atá ag teacht orm ...?'

An meascán ime nár dhíogáil Muiréad sách cúramach.
Nuair a bhí sí dhá chur isteach in íochtar an drisiúir scaoil
sprochaille dhe anuas ar an bprionda agus amach ar a
ladhair.

'Cé an smál atá ag teacht orm ...?'

Chuir sí an cheist in athuair le héisteacht le cantal a glóir
féin. Ba roighin ón gcisteanach mhóir mhaoil an macalla a
shú ...

Níor chuimhnigh an claibín a chur ar an gcuinneoig tar
éis í a bhrú isteach leis an doras iata.

'Fearacht an tslaghdáin ní foláir dó a sheal a thabhairt,'
arsa Muiréad, ag suí di ar an stól.

Ní shuíodh Muiréad le tuirse cnámh ach uair i bhfad ó
chéile. Ba mhinic, ámh, an cantal dhá cur ina suí le roinnt
laethanta anuas. Ba chruaí an cantal sin ag lomadh síos i gcré
fhiáin a fréamh ná aon deachmha eile dar ghearr an saol
uirthi go fóill. Bhásaigh a haon deirfiúr i Meireacá.
Báitheadh a deartháir. Éag a máthar deich mbliana ó shoin a
d'fhág ina haonraic í ar chiumhais an chriathraigh mhóir.

Chuaigh an brón seo ina phéiste polltacha thrí ógthoradh
a haoibhnis. Má chuaigh níor choisc sé í ó Earrach ná
Fómhar a dhéanamh, ó fhreastal do mhuca ná d'éanlaith, do
bheithígh ná do mhaistrí, ná ó cholbhaí den chriathrach a
shaothrú. Luath go leor a fágadh í i muinín saighdiúireacht a
géag féin. Iata sa gcaiseal seo di ba thír theiriúil, ba chríoch
námhadúil lámh chabhrach ná béal comhairle ar bith eile.
Bhí an oiread dá dúthracht caite ag déanamh díogaí dorú sa
móinteán le deich mbliana is go raibh a haigne ina linn: linn
mharbh a bhí cuibhrithe ag cheithre cladaigh díreacha
Earraigh, Shamhraidh, Fhómhair agus Gheimhridh ...

Ba é an lá go n-oíche a chéas sí ar bhainis Neainín Sheáin
a mheabhraigh di go bhféadfadh malairt cladaigh a bheith ar
an linn. Ag síorchuimhniú ar imlíne na gcladach a bhí sí ó
shoin; ag gléas tamhan cúlta smaointe sna gann-

shamhaileanna a thóig sí ó thlacht aitheantais móinteáin, cnoic agus cuain ...

Earrach, Samhradh, Fómhar, Geimhreadh. Eallach. Muca. Maistrí. Díogaí. Deich mbliana ... Deich séasúr ina heochrasach, iata i linn ... Agus áthanna glana ag uachtar abhann ...

Tháinig eireog ag grágáil isteach i lár an tí. D'éirigh Muiréad lena cur amach. D'athraigh an t-éan cúrsa ar sheol so-ghluaiste a sciathán, chuir an luaith ag frasaíl agus thuirling ar bhruach na cuinneoige. 'Mo chuid tubaiste leat, a rálach! Tá an bainne ina phicill luaithe agat, tar éis mo shaothair ...! Creidim gur smál eicínt féin é ...'

Ba mhinic adeireadh a máthair nach raibh maistre an Luain sona. Ní raibh aon ghéilliúint ag Muiréad do sheanchaint den tsórt sin. Ach loine ní chuireadh sí i gcuinneoig sa Samhradh féin agus bainne ina dhórtadh ag an loilíoch ...

Inniu, den chéad uair, a thuig sí go follasach gurbh fhearsaid riachtanach ina saol an turas ar an siopa gach maidin Luain ...

Ní dhearna sí aon mhaistre Luain le deich mbliana ...

Bhrúcht aniar thrína hintinn, ar áit na feirste, cúltsruth rágach, a thiomsaigh chuige féin torchairí a cantail uile. Ba í an chomhla dhall sin ar uachtar láin a hintinne a choinnigh uair moille ar an maistre ...

B'oilithreacht fhuascailteach an turas sin, a thugadh go barr binne gaofaire í, as gabháltas cúng a lae agus as criathrach caoch a seachtaine ...

Phreab a hintinn treasna an chriathraigh mhóir go dtí an mála bran a suíodh sí air i siopa Bhun Locha. Ba shólás a bheith i gcamhaoineach an tsiopa bhig aon fhuinneoige dhá biaú féin ar na haislingí a raibh tuilleadh agus a ndíol díobh ag daoine eile ...

Earrach, Fómhar, beithígh, maistrí, díogaí ...

Ba shin iad freisin monadh comhrá ban Chill Ultáin agus an Chinn Thiar a thigeadh chuig an Íclainn i mBun Locha lena gcuid leanbh. Ní shamhlaítí do Mhuiréad, ag éisteacht di leis na mná ag ceiliúr sa siopa, gurbh ar leithéid a hEarraigh, ná a beithígh ná a díogaí féin a bhídís ag trácht. Ba ar Earrach, beithígh agus díogaí é as tréimhse sul ar briseadh na slata draíochta: Earrach, beithígh agus díogaí anall ón aimsir ghil aerach úd roimh theacht dise ar an saol...

Bheadh Meaig Mhicil i mBun Locha. D'fhanfadh sí le Muiréad agus d'fhanfadh Muiréad – fearacht i gcónaí – nó go mbeadh na mná eile réidh. Ansin thiocfadh sí féin agus Meaig abhaile i gcuideachta, mar nídís gach Luan. Leis an driopás a bhí uirthi ag tabhairt a peata ghoilliúnaigh chuig an Íclainn ní raibh ionú ag Meaig inniu a gnáth-bhrúcht cainte a chur di ag geata Mhuiréide. Chuirfeadh sí an siopa thrína chéile leis an bpeata linbh. Bheadh sí chomh piaclach ina thaobh ar an mbóthar abhaile is nach gcrothnódh sí smúit an chantail uirthi féin, ach oiread le lá ar bith eile ...

Cúig nóiméad don haon déag ...

D'éirigh Muiréad le féachaint an raibh earra ar bith de dhíth uirthi ón siopa. Bhí an máilín bran ina chruit bhog fheiceálach sa gcófra, gan aon ídiú mór ón lá ar thug an leoraí taistil chun na sráide é. An páipéar leath-fholamh min choirce mheabhraigh sé go raibh rún aici min bhuí a fháil le seachtain anuas. B'earra shaor fholláin í leis an mbearna ocrais a dhúnadh idir na seanfhataí a bhí ídithe aici agus na fataí nua nárbh fhiú a rómhar fós ...

Déarfadh sí gur le haghaidh cearc nó muc í. D'fhanfadh nó go mbeadh gach duine riartha. Bhíodh coisliméara eicínt istigh i gcónaí, ámh. B'eolas do Cháit an tSiopa, dar ndóigh, go raibh Muiréad ag déileáil leis an leoraí taistil. Chuirfeadh sí filleadh beag gangaideach ina béal:

'Ag cuimhniú a dhul ar 'starababht,' a Mhuiréad ...!'

Ba táir le gach aon, cés moite de chorrchailleach, 'starababht' a ithe le blianta anuas. Agus gan an dá fhichead baileach scoite aici féin fós! Eochrasach ...

Bhí an tseilp in íochtar an drisiúir chomh luchtaithe leis an gcófra. Pósadh Neainín Sheáin ba chiontach le go raibh an lastas deiridh ón siopa neamh-bhearnaithe go fóill ...

B'inín dearthár di Neainín. Níorbh as an dlúthghaol sin a tháinig a cion ar Neainín. Ní fhéadfadh Muiréad féin a inseacht go barrainneach cérb as ar tháinig, nó ar bheag mór é. Gach aon Domhnach ó bhí sí ina girsigh, thigeadh Neainín anoir chuici ar cuairt. Théidís amach i gcuideacht ag féachaint ar mhuca, ar chearca, ar ghoirt nó ar aon mhainchille bháite den chriathrach a bheadh Muiréad a thriomú. Uaireanta thugadh Neainín gearrchaile nó dhó eile lena cois. Ar ócáid den tsórt sin sa Samhradh théidís síos go dtí Poll na hEasa, le féachaint ar na bradáin ag rómhar i mbéal an tsrutha, nó suas Leitir Bric leis na glaschuain a fheiceáil ina mbachaill niamhdha i mbléin na gnoc ...

Tháinig de dhaol ar Neainín bhreá gur imigh agus gur phós sí saighdiúr – saighdiúr nach dtiocfadh chuici ach uair sa gcoicís. Seachtain ó inné bhí sí abhus ar cuairt mar ba ghnáthach. Shiúileadar an gabháltas agus síos go dtí Poll na hEasa. Ba é ar dhúirt sí go raibh na sicíní ag méadú go breá, gur bhocht an éadáil cur tús bliana, agus ar iontú di ó thámhlinn na hEasa, dúirt go raibh na bric fré chéile imithe suas ...

Sicíní, fataí, bric ... Ach níor thrácht sí a dhath faoi phósadh ...

Dé Máirt ba sheo abhus ar athchuairt í, le hinseacht do Mhuiréad go mbeadh sí dhá pósadh Déardaoin! Thrí lasadh gan bhréig! Agus gan í ach trí bliana fichead ...!

An ruainnín muiceola a cheannaigh Muiréad le haghaidh dinnéir do Neainín inné, bhí sí sa drisiúr fós, chomh hamh le lot. B'fhurasta cuairteanna Neainín a chomhaireamh feasta. Ní chuirfí aon chaitheamh i bhfeoil Mhuiréide ar an Domhnach. Ba í an mhuiceoil an t-aon rud nach raibh le fáil ón leoraí. Dá réir sin ní bheadh aon chall siopa ar an Luan faoi chomhair an Domhnaigh dá éis. Bheadh an Luan mar an Domhnach, an Domhnach mar an dálach, agus Domhnach agus dálach mar a chéile ar nós líne d'uibheacha glogair ...

Bhí na muca ag dianscreadach sa gcró, agus ní raibh an leath-dhoras dúinte i ndon sciathán ná píobán na gcearc a shrianadh ó choire ghlórach a dhéanamh den chisteanach. Níor bhac Muiréad le muic ná circ, ná le cupán tae 'cosnochta' an eadra a líonadh cúinne dá hocras féin go dtí uair an lóin. Dul suas i bPáircín na Leice a rinne sí ag gortghlanadh an chuir tús bliana ... Ba mhó an salachar a bhí sna fataí ná a shíl Muiréad.

Bhí glúineach dhearg, flith, slóchtáin agus mogaill bharráiste gabhalaithe ar gach das, ag seangadh a lorgaí agus ag fálú na gréine óna chuid duilleog. D'ionsaigh Muiréad an daoraicme mhídhlisteanach seo. Ba líonmhaire go mór an fhialusra ann ná anuraidh, tar éis gur mhó an saothar a rinne Muiréad ag tógáil clascanna i mbliana. Bhí sé chúig bliana ó bhí an giodán seo faoi fhataí go deireannach. Caorán amh a bhí ann an uair sin, ach b'fhearr an barr a bhí air ná an iarraidh seo ...

Bheadh Cáit an tSiopa ag rá má ba daor leo é a dhul go dtí an leoraí ...

D'inseodh Jude Chill Ultáin do Cheaite an Chinn Thiar gur dhúirt Sagart an Mheigill léi go bhfeicfeadh sí a Cóilín beag ag rá an Aifrinn ar altóir Chill Ultáin fós ...

Déarfadh Ceaite an Chinn Thiar le Jude Chill Ultáin gur innis Bean Chuimín Mhurcha di go raibh sí ag ceapadh go mbeadh beirt aici ar an luí seo, agus nach dtóigfeadh an dochtúr cianóg ní ba lú ná dhá phunt déag: chúig phunt an naíonán agus dhá phunt airgead lansa ...

Ní raibh barráiste ar bith ar an gcur óg ar an gcúl ó thuaidh ... Dath an bharráiste a bhí ar a gruaig féin ... Deich mbliana ó shoin ... Deireadh a máthair gurbh uabhar a bheith ag féachaint rómhinic sa scáthán. Ba shin é a níodh Liúsafar. Bhíodh cíor aige de ghaethe gréine ag slíocadh a chuid buíbhachall. Sa deireadh sháigh sé leota dhá theanga amach faoi Dhia ...

Thiúrfadh Meaig Mhicil a leanbh i ngreim láimhe ó dhuine go duine. Bhí coimhthíos déanta ag an gcodladh anois uirthi dá bharr ...

Leasaigh sí ar fheabhas é le lucht de ghaineamh griúánach, agus bualtrach caca cadáis an mhaoil os a chionn. Dhoimhnigh na díogaí uaidh ...

Ní raibh sí siúd fiche bliain fós. D'innis sí a haois an Domhnach deireannach a raibh sí abhus le Neainín. Níl Domhnach dá dtagadh sí i leith nach n-insíodh a haois ... Scáile docht de bhlús a bhí uirthi oíche na bainse. Bhí cumraíocht a dhá cíoch go glé thríd mar dhá úll a bheifí tar éis a scoth den chraoibh: úlla ina bhfanfadh an tsine ... Agus an chaoi a ndearna sí sacshrathar di féin istigh ina ucht ...

Criathrach caca a bhí ann agus b'amhlaidh dó nó go ndoireadh grian gealach ...

Phóg Neainín a saighdiúr gan cás ná náire os a coinne. Bhrúigh an dís isteach doras duibheagánach an sciobóil. Ní raibh sé d'fhoighid acu fuiríocht nó go scaipeadh an chóisir...

Níor chóir go mbeadh aon bharráiste ar an íochtar anseo ach an oiread leis an gcúl ó thuaidh ... Earrach. Fómhar. Maistrí. Díogaí. Eochrasach ...

Níor thúisce na gearrchailiú amach an doras ná rugadh orthu abhus agus thall. Lig chuile ghearrchaile ariamh acu síon bheag chomh luath is a cartadh isteach i ngabhainn na lámh í. Ach gháireadar ar an bpointe aríst. Ag gáire a bhíodar ag dul siar sna tomacha ar chúl na gcroithe agus síos an seanbhóithrín cúinneach. Phlúch bosca an cheoil i dteach na bainse síon agus gáire in éindigh ... B'ealaíon é sin freisin... An dá cheoltóir tosaigh ag comhsheinnm ...

Galra galánta an diabhail air, mar bharráiste! Ar an tanaíochan chois na leice a bhí aige a bheith agus ní thíos anseo ar na híochtair ...!

Rop óganach uaibhreach eicínt i leith dhá fastú féin. D'ainneoin na hoíche d'fhéad sí, lena ghaireacht is bhí sé di, a fheiceáil gur ceannaghaidh rosach buí a bhí aige. Thaispeáin an toitín ina bhéal di an lasadh ina shúile agus an goirín ar a ghrua. Bhí baladh te an óil ar a anáil agus súgaíl ar a chuid cainte. Leag sé buicéad uisce a bhí le corr an tí agus é ag preabadh faoina déin ... Níorbh í an tsíon a lig sí a chuir guaim air. Bhí na lámha leata aige agus a aghaidh cromtha uirthi anuas. Ansin d'aithin í agus ghliondáil leis ...

A leathoiread luifearnaí ní raibh ar an gcnocán san áit ar dhual di a bheith. Ní dheachaigh gaineamh griúánach ar bith ansin, ná aon aoileach, ach tuar tur an asail ...

Nóiméidín ina dhiaidh sin chuala sí a gháire ag binn an tí. Ba é a gháiresan é. Ag inseacht do bhuachaillí eile a bhí sé gurbh fhóbair dó ... An cabairín ...!

Loic na fataí sa mBuaile anuraidh. Sin é a d'fhág d'uireasa seanfhataí anois í ...

Ní bhfuair dé i dteach na bainse níos mó an oíche sin air. Ba chiotach nár aithin sí é! Cheal gan a bheith ag dul amach ar fud na ndaoine. Súile lasta. Rosach buí ...

Criathrach caca. Chomh crinnte spalptha le seanchnáimh ar an leic agus róbháite ar an íochtar ...

Síon diúltach a lig sí féin ... Rinne sí clamhsán ina thaobh le Neainín ina dhiaidh sin. Ag súil le fios a ainme a bhí sí. Ba é an saighdiúr a d'fhreagair í:

'Dheamhan dochar a rinne fáscadh breá láidir d'aon bhean ariamh, a Mhuiréad ...'

Fáscadh breá láidir ...

'Cé an smál atá ag teacht chor ar bith orm?' arsa Muiréad, ag strachailt lán a ladhaire as an iomaire idir chré agus eile.

'Cé an chaoi a n-inseoidh mé é seo don tsagart ...? Cé an chaoi a n-inseoidh mná óga na bainse fré chéile é ...? Ní raibh mise siar ar chúl na gcroithe, i bhfalach ar chuile shórt, ach ar réalta Dé ...'

'Barráiste caca!' arsa sise, ag meilt na bhfocal aniar thrí shéanas a draid uachtair.

Mar sin féin, níor ghlac col ina céadfaí í leis an luifearnach uaibhreach, mar ghlacadh babhtaí eile. Thug gabháil shoip ón íochtar go dtí an leachta ar an leic. Ag dul siar an chlaise di níor thóraigh a polláirí baladh an dúchain. Gach tráthnóna an taca seo de bhliain shiúileadh sí a gort fataí d'aon uaim le deimhniú nárbh ann dó. Bhí cluasa beaga rua ar na duilleoga agus carraíocha de lobhadh bán ar chnocán maolscreamhach na leice. D'fhulaing súile Mhuiréide go neamhpháisiúnta iad.

Thit streachlán den ghabháil ghiobach. Ar a bheith íslithe dhi dhá thiomsú chonaic gur barrannaí fataí a bhí ann. Bhí fata bisithe ar cheann amháin a ropadh aníos ón bhfréimh. Gáire cuasaithe a rinne éadan Mhuiréide le linn don cheist chéanna a bheith aríst eile ag gíoscadh aniar ar a hanáil:

'Cé an sórt smáil é chor ar bith ...?'

Chaith uaithi an sop ar an gcnocán. B'ionadh léi nár oscail neamhghlaine an ghoirt cuisle thréan a himní. Bhí néal, néal éagruthach, néal dorcha, ag luí ar an gcriathrach. Níorbh fhios do Mhuiréad céard ba tuar don néal sin. Ba bheag aici, go cinnte, ar ala na huaire, é a bheith ina loiceadh bairr ná dúchan ...

Facthas ariamh do Mhuiréad gurbh aoibhinn don duine a d'fhéad an bagáiste a scoradh dhe féin agus a dhroim a dhíriú san aer éadrom fionnuar. Bhí bagáiste na himní scortha aici féin anois ...

Níor mhiste léi a dhul ar baosradh ar fud an chriathraigh an nóiméad seo de ló. Siúl spreangaideach na gcorr a dhéanamh ar bhruach na glaise. Tosaí, ar nós na gcearc, ag luí agus ag éirí sa bhfraoch. Uanaíocht ghoil agus gháire a dhéanamh do réir mar ba ré dhorcha nó scalán gréine a bheadh i nGleann Leitir Bric. Teacht go támhchéimeach anuas an sliabh leis an sruthláinín, cúnamh a thabhairt dá cheol meardhána in aghaidh na mboghailéar, agus osna a ligean san áit a raibh a streancán deiridh dhá dhaoradh sa scrath ghlogair. Imeacht ag dordsantacht ó thulán go tulán ar anadh aerach leis an dreolán teaspaigh. Na bric a leanúint go dtí gealáthanna uachtar abhann ...

B'iontach léi a bhoirbe is bhí a hanáil, a ghlé is bhí a súil, ó chuir sí an bodharuisce as a geolbhach. Rinne an t-uisce íon barr easa a céadfaí a úradh. Ó theilg sí dhi a cúram tur bhí síongháire na bainse ina chlog binn síorghleárach ina cluais. Ba é an ceol céanna é le dord ainsrianta an dreoláin agus le haoibheall an tsrutha bhig dhaortha isteach den tsliabh ...

Súile lasta ...

Gheit Muiréad thart ón ngabháil shoip i leith an tí ...

B'fhusa inseacht don tsagart go raibh tú in éindigh le buachaill ...

Bhí Meaig Mhicil ag dul síos an bóthar, agus an leanbh aici i ngreim láimhe. Stopadh ó thráth go tráth chun a bhéal a chuimilt lena naprún. Marach gan Muiréad a bheith thar leath bealaigh chun an tí an tráth ar thug sí Meaig chun cruinnis dheifreodh le brúcht comhrá a dhéanamh. Níor ghar brostú. Bhí Meaig dall ...

Bhuail éad í leis an mbean eile in imeacht ala an chloig. Ba mhéanra di mar Mheaig, nach bhféadfadh rud ar bith a dhul idir í agus a cúram piaclach don pháiste sin. D'fhanfadh Meaig go brách mar bhí sí féin le deich mbliana: Earrach. Fómhar. Maistrí. Díogaí. Imní ...

An droim ar a mbíonn bagáiste an ghrá bíonn dóchas an ghrá agus más dóchas is imní – imní an ghrá ... An dteilgeann an droim an bagáiste sin freisin ...?

Bhí prós dearbhach na ndeich mblian cuimlithe den mhóinteán ag eití faona an dreoláin teaspaigh, agus Muiréad dhá athscríobh ina chomharthaí ceiste ar an spéir síoraí bhodhair ...

A sonas leithleasach féin a bhí ariamh ó Mhuiréad. Uaireanta, ámh, ní bhíodh an caiseal i riocht an solas niata as saol daoine eile a choinneáil amach. Ansin d'fhéachadh Muiréad uaithi ar an saol agus dhúlaíodh a thaispeáint go raibh ósta don ghaisce agus don íbirt ina croí féin freisin. Ó ba é an criathrach an t-arracht ba ghaire dá láimh d'ionsaíodh go fíriúil – bíodh gur go neamhriachtanach – é.

É a thriomú. Cuid suntais a dhéanamh dhe. An saol a chur ag caint air amhail is dá mba ar niamhinín é, nó ar éachtmhac. Cuimhne a bheith ar a saothar fós mar bhí anois ar amhrán shaobhfhile eicínt den tseanaimsir. Í féin a fhágáil ina haisling bhuain ar chlár an chriathraigh le léamh ag an té a thiocfadh ...

D'eascraíodh a tnútháin suas, ina stumpaí de bhogha ceatha, as dhá cheann an mhóinteáin. Ach sheasaidís, i gcónaí ariamh, ina dhá lorga bhriste ag sliasta na spéire, agus an criathrach mór mar dhing eisíon dhá gcoinneáil dealaithe gach uair ...

Thuig sí inniu gur chaoifeach nár mhór, caoifeach a ghabhfadh faoi scair de bhagáiste a himní. Ní fhéadfadh sí féin choíchin na lorgaí briste a shnadhmadh ina stua lán, ná fíon geal súgach an dóchais a dhéanamh d'uisce bréan an amhchriathraigh ...

Ceannaghaidh rosach ... D'aithneodh sí aríst é ... D'aithneodh dá bhfeicfeadh ach ní fheicfeadh. Ar baosradh i Sasana nó sna saighdiúir a bheadh sé, agus pósta.

Chuaigh Muiréad siar sa seomra go dtí an scáthán nár fhéach sí le blianta ann, ach amháin maidineacha Domhnaigh, roimh imeacht di chun an Aifrinn ...

An ghruag throm sholasmhar ar bhuíocha an bharráiste go fóill. An aghaidh dhea-chumtha chomh háilíosach le toradh aipidh ... Bhí an ghrua riafa le eitrí díreacha ...

Bhí an chorróg agus an más ag fairsingiú an tseanghúna... Eochrasach ...

Diabhal eicínt a bhí ag cur cathuithe uirthi ...

Bhí an bhó le bleán. Ansin a thuig sí gur fhág cíléar an bhainne ramhair gan sciúradh tar éis an mhaistre. An maistre breá ba tús leis uile go léir! Ní dhéanfadh sí aon mhaistre Luain feasta. Díth céille na hóige, b'fhéidir, a thug di gan aon aird a thabhairt ar na seandaoine ...

D'ardaigh an cíléar amach go dtí claí na hiothlann chun é a chuimilt le gaineamh. Ní fhaca sí Pádraig Dháithí nó gur chroch a 'Bhail ó Dhia' a ceann dá saothar. B'ionadh léi nár bhuail Pádraig a leathbhróg suas ar chéim sconsa na sráide. Choinnigh ag féachaint ina dhiaidh nó gur bhailigh sé suas an bóthar. Bhí a choisíocht bheo ag cur stuaice uirthi. Ní raibh anois i gcéim a sráidese ag Pádraig ach céim eile sa gcora, arbh í céim a shráide féin a ciumhais thall ...

Bhain Muiréad fleascanna de thaobh an chíléir le díocas a ladhar. B'iontach an bhroid a bhí i bPádraig Dháithí! Nach bhféadfadh sé dreas cainte a dhéanamh mar níodh gach tráth a castaí an bóthar é ...?

Bhí an t-uisce bruite ag plobáil as lámha Mhuiréide thar bhruach an chíléir, agus ag sciúradh na créafóige grianfhuinte de na clocha duirlinge sa tsráid ...

Ní féidir gur duine eile clainne a bheadh tigh Phádraig? Bheadh tuairisc ag Meaig Mhicil, dá mbeadh sé d'fháilíocht inti seasamh, ar a céim suas nó ar a céim síos, le labhairt le duine. An siar ann a bhí a deifir ar maidin? B'fhéidir, tar éis an tsaoil, nár thug sí an páiste thar an scoil. Céard a bheadh sí a dhéanamh thiar ann an t-achar sin? Fuiríocht ann go raibh sé in am baile ag na scoláirí! Céard a bhí sí a dhéanamh ann ...?

B'ait le mná pósta, i gcónaí, a bheith ag méiseáil i dteach clainne. Chloiseadh sí sa siopa iad ag rá go gcuiridís cuthach ar an dochtúr ar ócáidí den tsórt sin.

'An bhfuil tinneas clainne ortsa freisin?' adeireadh sé le duine ar bith díobh a tharlaíodh ina bhealach.

Ansin ligeadh an bhantracht, as béal a chéile, racht gáire a líonadh an siopa beag dorcha, ar nós éan mór diamhair eicínt ag foluain a sciathán sa gcamhaoineach. A thúisce an racht sin díobh ag na mná thosaíodh gach beirt acu ag caint os íseal. Níor fhéad Muiréad ariamh bunúdar a ngáire, ná a dtóir ar thithe clainne, a bharraíocht. Snámhaí bocht spadchosach ar sheiche an chriathraigh a bheadh go deo inti, ag féachaint in airde ar na héanlaith ag spréamh a sciathán ar bhuaic an bhogha ceatha, agus ag seinnm a rúnphort i gcluais na gréine.

Chaith Muiréad tamall ag féachaint i ndiaidh plobóga an uisce bhruite a dhóirt sí amach sa bhfiodán le bóthar ... Ag cuimhniú a bhí sí ar a liacht oíche a chaith Pádraig Dháithí ag comhrá léi, ag céim na sráide agus thuas ag balla na scoile. Mar ghairdín amhra a chumfadh é féin seal nóiméide as dúla dalla an chriathraigh a chuimhnigh Muiréad anois ar an oíche dheireannach úd, an oíche ar dhúirt sé léi go n-iarrfadh sé Nuala Hiúí, mara bpósadh sí féin é ... Agus bhí an naoú duine clainne saolaithe inniu dó féin agus do Nuala...

Ar éigin a bhí Muiréad istigh sa teach leis an gcíléar san am a raibh an gadhar isteach de ruathar ina diaidh. Chuaigh de léim ar an gcathaoir agus rinne sé a theanga a spréamh go hanbhuaineach ar an mbord, ag líochán an spros aráin nár ghlan sí i ndiaidh a dínnéir. D'ionsaigh ansin ag smóracht agus ag crúbáil ar chomhla an drisiúir. An canda aráin a thug Muiréad dó ní dhearna dhe ach lán béil, agus shníomh a chosa tosaigh suas uirthi ag tnúthán le tuilleadh. Ar bhreith dó ar an dara canda uaithi shíl an tsráid a thabhairt air féin leis, ach bhuail Muiréad an braighdeán den bhalla timpeall a mhuiníl. D'ainneoin a chuid glamhóide d'éignigh léi siar ar chúl an tí é. Dá mba istigh sa gcisteanach a chuibhreodh sí é ní ligfeadh a shíorgheonaíl néall codlata léi go maidin.

Bhí na cearca tar éis dul ar an bhfara sa bpúirín. Ní fhéadfadh sí é a chur ansin. Ná i gcró na muc ach oiread. Bhí cró na mbeithíoch falamh, ach níor tháinig Bile Beag leis an doras nua a chur air fós. Ba phian chluaise chomh mór é an gadhar i gcró gan doras, le bheith istigh dó sa teach. Chaithfeadh sí rud eicínt a dhéanamh leis ar aon nós, nó go mbeadh an bhó blite.

Léirscrios air mar ghadhar! Shíl sí go raibh suaimhneas beag i ndán di ó a dhíol sí an t-asal. An t-asailín breá! Grianchogar an dreoláin a bhioraíodh a chluasa móra marbha. Rópa ná gabhainn ní chuibhreodh ar an ngabháltas é ó scardadh don tsamhradh geal ina ghlór agus ina chuisle...

D'fháisc glas ar an bpúirín agus shnaidhm an rópa do lúbán an dorais.

'Cá raibh tú, a rálach, nuair a bhí na gamhna ag déanamh aniar ar an scrath ghlogair inné? Nó inniu agus na caoirigh sa síol féir ...?'

Bhuail Muiréad dá bróig thairní isteach ar an mbolg é. Níor éagaoin sé an iarraidh, ach rinne é féin a liocadh ar an talamh, a chluasa a mhaolú siar agus a liopa uachtair a bhogadh in airde, mar bheadh sé ag iarraidh maiteanais. Ba shin é an chéad uair a thug Muiréad an íde sin ar an ngadhar. B'fhearr léi anois nach dtiúrfadh.

Bhí leota mór dá chluais ar sliobarna, úrscead rua ar a mhás, é ag imeacht ar thrí chois, agus a mhala anuas ina bhró fola ag dorchú lasadh a shúile. Ba é an chéad turas chun an tí aige le dhá lá é ...

B'aoibhinn le Muiréad an bleán an taca seo de bhliain. Bhí dual dá tromfholt ag cuimilt le gorúnaí na bó, agus an bainne ina thrí streancáin fhiaracha, ag sceitheadh anuas chomh briosc is a sceithfeadh méara aclaí snáth de spóil. Lacht frasach tréan an tsamhraidh ...

Tháinig fuaim eicínt ón tsráid a chuir an bhó le dod. Aird dá laghad níor thug sí ar an ascaillín soip ná ar an 'Só bhó bhóin' a chan Muiréad lena tabhairt chun sáimhe. D'aithin Muiréad gur bheag eile den bhainne a bhí le tál. Marach sin ghabhfadh sí chun an tí faoi dhéin na buaraí. Bhí an dúchinniúint fuaite i gcónaí ar an gcriathrach – glais, rópaí, braighdeáin, buarachaí ...

Thug an bhó gan aireachtáil tosach a crúibe don tsoitheach, agus sceith bleánach síos an cnocáinín crinnte chomh fada le bréinleach bualtraí ...

D'fhan ag grinniú an bhréinligh uaibhrigh nó nach raibh léas de ghile an bhainne le feiceáil ...

Amuigh ar an sliabh bhí an sruthláinín alluaiceach i marbhfháisc ag an scraith ghlogair. Anseo bhí an chlimirt gheal imithe síos i mbun an bhréinligh, síos sa dorchadas, chuig an bpéist agus chuig críonach na seanchoille. Shloigfeadh putóga bréana an chriathraigh gach aon rud – allas an duine chomh maith le climirt na bó – agus ní dhéanfadh dhe ach seamaidí colúla bréinligh, scrath ghlogair agus críonach ...

Ba chóir don bhainne bríomhar sin scéimh eicínt a leasú, barr a chur aníos sa ngaoith ghlain agus sa ngréin ... Dhéanfadh másaí a muc chomh bog le bológa úra. Dhéanfadh sé, de lao dubh an mhaoil, gaiscíoch tairbh a mbeifí ag tabhairt bheithíoch chuige ó chéin agus ó chomhgar. Dhéanfadh luisne ghléigeal a chur i ngrua linbh... Climirt a bhí ag cur na bpluc ar pháiste Mheaig ...

Níor dhonaide cnámha géagánacha Mhuiréide iad a bheith go dtí leibheann an dá fhichead bliain. B'fheidhmiúla inniu iad ná deich mbliana, ná chúig bliana déag, ó shoin ...

Ach bhí an sruthlán cnaíte go dtí plobóg sa moing. An crann ba thóstalach bláfar i mbéal na gréine, ní raibh ann anois ach carcair ghiúsaí faoi thoinn an chriathraigh. Seancharcair chrosta ...

Ní fios cá fhaid a bheadh Muiréad ag aifear a chuid coireanna ar an gcriathrach, marach gur chuala sí caoineachán. Bean a bhí chuici anuas an bóthar. Ghluais Muiréad soir le bheith faoina cóir ag an teach. D'imigh an bhean chuideáin léi síos, gan féachaint ar an ngeaitín caolaigh ná ar chéim na sráide ...

Bean tincéara a bhí inti. Níor mhór é a gean ar mhná tincéara. Chuireadh amach iad chomh mín gann is a d'fhéadadh – taobh le máimín chriochán go hiondúil. B'ionann ag Muiréad cneamhairí agus tincéaraí, d'ainneoin nár ghoideadar seo faice ariamh uaithi. Ach ní bhfuaireadar ar sliobarna é ... Ba ghnáthach léi an glas a fhágáil de shíor i lúbán an dorais bhóthair, agus é a chur mara dtéadh ach chuig cró ar chúl an tí. Bhí an gadhar múinte le faire a dhéanamh san oíche, nó nuair a bheadh sí féin giota ó láthair...

Siar cosán Mheaig Mhicil a chuaigh an bhean tincéara.

Chuirfeadh Meaig amach taobh le cupla criochán í freisin... Ní móide. Bhí fios a gnótha ag an tincéara. Déanfaí trua d'eire glórach a baclainne. B'fháilte a thíocht le malrach san áit a raibh malrach roimpi ...

Ba bheag é spéis Mheaig in aon mhalrach ar ghualainn a malraigh féin. A thúisce, daile, is a chloisfeadh sí scread ullmhaithe an tincéara óig bhrúifeadh sí anall, threoródh a gasúr féin i ngreim láimhe lena thaispeáint, agus d'inseodh don bhean eile nach bhfuair sí aon néall codlata uaidh le mí... Chomhairfeadh suas a aois go dtí an lá ... D'áireodh gach ní a bhí sé a cheasacht an tráth nach raibh aige ach aois an tincéara óig ...

Climirt a bhí ag cur na bpluc air ...

Gheobhadh an tincéara allúntas fial bainne dá páiste ... Ba dearfa go raibh fios a gnótha aici mar thincéara. Ní isteach chun tí a raibh a chuid climirte diúlta ag craos bréan an chriathraigh a thiocfadh ...

Shiúil Muiréad aniar de leiceann na haille óna raibh sí ag féachaint i ndiaidh na mná. Bhí cupla cearc ag imeacht leathlionraithe ar chúl an tí fós. Ba shin é an uair a thug sí chun cruinnis cé an toirnéis a scanraigh an bhó. Bhí an gadhar greadtha, an lúbán foréignithe as an doras aige, agus lúbán, glas agus rópa crochta chun siúil! Lúbán ná glas eile ní raibh aici anois le cur ar chró na gcearc. Ná gadhar le airdeall a dhéanamh. Agus na tincéaraí campáilte sa gclais ghainimh ag Trosc na Móna ...! A dtabhairt isteach ar an lota mar ab éigin di a dhéanamh cheana cupla babhta ... Agus a himní domblasta a ghabháil ina baclainn athuair ... Fanaidís mar tá ... Ba doicheall le na tincéaraí féin teacht ina gaobhar anois.

Leag Muiréad soitheach an bhainne istigh agus shuigh fúithi ar an stól ...

Bhí sí rófhada inchollaithe i gcreat an ghnáis le scíth a ligean chomh luath seo sa tráthnóna. Níor mhór gabháil neantóg le haghaidh na gcearc agus na muc ...

Chuaigh Muiréad amach arís agus thart ó thuaidh an Leacachín, gur ionsaigh tom dlúth díobh leis an gclaí thiar ... Bia folláin d'éanlaith a bhí ins na neantóga. Agus do mhuca freisin. Chaithfidís déanamh leo anois go mbeadh na fataí luatha inbhainte ... Dá bhfeiceadh ... Dá bhfeiceadh féin ... Dá bhfeiceadh, céard déarfadh sí leis ...? Dúirt mé liom féin, a Athair, dá bhfeicinn é go n-abróinn leis ...

Strachail Muiréad an stoca dá láimh ... B'fhearr a dhul le baosradh bog te ná a bheith ag slíocadh gadhair fhiáin siar i bhfail a hintinne, ar a leithéid seo de chuma ... Tá mórán in Ifreann nach ndearna ariamh é ...

D'iontaigh anonn chuig na méiríní dearga, ar a raibh cluasa beaga le héisteacht ar feadh an chlaí thoir. Bhain méirín de dhos agus phléasc í idir pioraimidí a dhá ladhar. Oíche na bainse agus na damhsaí foirne ar siúl níodh na buachaillí smeach mar sin lena gcuid méar. Ba chomhartha é dá bpáirtí go raibh an ndreas-san den damhsa ag tionscailt ... Níor iarr aon duine ag damhsa ise, ar feadh na hoíche. Dá n-iarradh ... Ní dhearna aon chéim dhamhsa le deich mbliana ar a laghad ... Ba bheag damhsa a rinne sí ariamh. Bhí na tithe rófhada ó chéile ar an móinteán doicheallach ...

Dá n-iarrtaí ag damhsa í cé an bealach a n-eiteodh sí an cuireadh ...? Go raibh an bhróg ag luí uirthi ... Gur ghortaigh a rúitín an lá cheana ... Go raibh a bróga éadroma dhá ndeasú ... Ní fhéadfadh sí a rá nach raibh aon damhsa aici ... Bheadh sí ag bualadh faoi gach duine ar an urlár. Náireodh í féin ... Ach níor iarr ...

Bhog a boinn agus ghluais a dhá béal go rithimeach ... Síos mar seo ... Suas aríst mar seo ... Treasna ... Timpeall ...

Phléasc Muiréad a raibh de mhéiríní thuas ar an dos. Thug an saothar seo sásamh aisteach eicínt di nach bhfuair sí ar aon obair eile, in imeacht an lae. Ba shin é freisin, dar léi, an sásamh a gheobhadh sí ar thoitín a dheargadh, a pus a bhiorú agus súgáin chaola deataigh a ligean ar an aer. Níor chuir toitín ina béal ariamh. Ghlac na hógmhná ó na fir iad, oíche na bainse. Chlaonadar a gcloigeann isteach idir cúl na mbuachaillí agus an balla, le nach bhfeicfeadh an tseanmhuintir ina mbéal iad. Níor tairgeadh aon toitín dise. Dá dtairgtí, an ndiúltódh? Bhioraigh a béal ...

Chuaigh go dtí dos eile. Gan mórán achair bhí colbha thoir an gharraí faoi bhulbaí briste de chrainn soilse na sí. Deireadh an seandream go raibh lóchrainn rúnmhara sna méiríní, agus gur lena solas a d'fheiceadh na mná sí, ar dhrúcht glas na hoíche, éadan an fhir shaolta ba cheadaitheach dóibh a tharlú leo mar nuachar ...

Fuaraídís ina gcraiceann sí! Bhí a chuid leannán féin sách gann ag an saol ...! Arbh amhlaidh a chúlaíodh na fir sí siar uathu sa dorchadas agus pléascadh amach ag gáire ...?

D'aithneodh sise é d'uireasa lóchrann méirín ná drúchta... Níor ghá di, mar dhéanadh baothóga eile, a léine a níochán thuas údan ag cumar na dtrí sruthán i nGleann Leitir Bric ... Ceannaghaidh rosach. Goirín. Súile lasta ...

Bhí crónachán an lae fhada beagnach téaltaithe nuair a tháinig beach antráthach, le díomua a tóra sna méiríní millte a ídiú ar a crobh ...

Shiúil Muiréad aniar agus shuigh ar an leic mhóir ar aghaidh an tí. Níorbh áil léi tae ná bainne a ól aríst, tar éis iad a bheith ólta aici trí huaire inniu. Bhíodh Neainín agus na gearrchailiú ag rá i gcónaí go gcoinníodh tae ar a suipéar ar neamhchodladh iad.

Níor chuimhneach léi a bheith amuigh tráthnóna deireannach mar sin leis an tsíoraíocht. I lár an tsamhraidh féin bhíodh an maide éamainn leis an gcomhla aici, agus an solas lasta, ó ló. Le chúig sheachtainí anuas níor las sí solas ar bith ach luí agus éirí leis an ngréin. Ba mhairg nár smaointigh sí ar sin luath sa ló ...! Ní raibh striog ola sa teach...

Dá mbeadh sé gan a theacht chuici ach uair sa gcoicís ...!

Bhí an solas ag geamhadh ar an móinteán agus crobha fada fuara na hoíche ag sméaracht ar ghuaillí na gcnoc, dhá strachailt isteach sa duifean ag íochtar na spéire ...

Chuir Muiréad a cluas leis an tséideoigín ghaoithe. Ní raibh geoin ar bith ó na tincéaraí sa gclais ghainimh. Ba é a raibh len aireachtáil cársán cuasach, mar bheadh ag seanduine ina chodladh. Bhíodh an cársán sin ag an gcriathrach an taca seo de bhliain i gcónaí. A phutóga bréana a bhí súite ag an triomach ...

Bhí sí dall nár léar di go dtí anois é. An tsráid fuaite le copóga! Na géasadáin ag comórtas leis an bhfiúise le claí! Iad ina dtóstal uaibhreach isteach go tairsigh na fuinneoige, lena mogaill leabhra síl! Broibh bhioraithe – féasóg bhradach an mhóinteáin aríst! – ar chúl thiar Gharraí an Tí ... Ba é sin a bhí aici a chur i mbliana, mar adúirt Pádraig Dháithí léi a dhéanamh. B'fhearr an dóigh fataí é ná cré spíonta na Leice...

Ba gheall na tortáin ar an gcriathrach le beithígh, beithígh mhóra a bheadh ag fanúint crom, lena bhfogha a thabhairt ar éagadh don tsolas ... Bhí léas den lá gorálach ar Thulaigh an Fhéidh fós. Ar feadh nóiméide thug sí toirt gheal chun cruinnis ag dul thríd an scáthán cúngaithe sin ... B'fhéidir gurbh é Gilín a bhí ag filliúint ón tréad. Ó a rugadh ina uainín meirbh faoi Fhéil Bríde é níor fhág comhgar an tí go dtí ar maidin. Dá mba léi a bheadh sé ó thráthnóna, istigh sa teach a bheidís agus é ag placadh stiallóga aráin a mbeadh siúcra orthu as cúl a doirn. Ba chuideachta é an t-uainín le contráth fada samhraidh a chéasadh. D'airigh Gilín cruachúiseach anois. Níl aon lá le seachtain nach thuas ar an Aill Mhóir dhá ghrianú féin a bhíodh, agus ag éisteacht go soineannta ...

Bhí sí cineálta leis an asal, leis an ngadhar agus leis an uan, ach ba chuma sin. Bhioraídís a gcluasa móra agus d'éalaíodh ...

Bhí na cnoic mar bheidís lena hais aríst. Ba léire a bhfíorchruth sa dorchadas ná sa ló – faithní móra crua ar shliasad an mhóinteáin. Amuigh ansiúd idir dhá chnoc, mar a raibh an poll geal san uaimh dúscamall ag bruach an aeir, a bhí an Meall Bán. Uaidh sin a bheadh Neainín ag faire an bhóthair, tráthnóna sa gcoicís, ag súil abhaile lena saighdiúr. D'fheicfeadh sí dhá mhíle ó láthair é, adúirt sí. D'aithneodh a chuid cnaipí ag lonradh sa ngréin, adúirt sí. Rithfeadh isteach, adúirt sí, d'fhágfadh an citil ag fiuchadh agus shiúlfadh síos an cosán le bheith roimhe ag béal an bhóthair ...

Copóga. Géasadáin. Broibh ...

Ní inniu ná inné ná oíche na bainse a tháinig na gearbóga míofara seo. Síolrú amach a rinneadar as giodán fialusach nárbh eol di a bheith inti féin go dtí anois. Ba é a raibh dhe gur éirigh clúid den cheo den chriathrach, in imeacht meandair, agus gur nocht os a cóir an scrath ghlogair ina raibh sí dhá múchadh ...

Ní thugadh an criathrach ach anadh beag uaidh, don sruthlán, don dreolán, do gach aon rud. An preabán a d'éigneofaí as a ghreim, a ndéanfaí órdhiasa dhe bliain amháin, shíneadh sé isteach a ghéill bharbartha, lena chuid brobh agus bodharuisce a chur thríd an bhliain dar gcionn ...

Ar a shon sin bhí an móinteán gafach lena héill go dtí i mbliana. Le bliain anuas a rinne an dath ar an doras na léasáin sceite ba dhearbhléir i mbreacghile na hoíche. Ba chóir di, mar mhol Pádraig Dháithí, cupla stráca tuí a chur i dtús bliana le taobh an tsimléir, san áit óna raibh an streoille súí anuas ar an mballa anois ...

Mara dtigeadh sé go dtí í ach lá sa gcoicís féin, dhéanfadh sí giall brobhach an mhóinteáin a bhearradh agus a phutóga bréana a thraothradh dhá uireasa ... B'fhaoilí cuairt sa gcoicís ná Neainín gach Domhnach agus ná an siopa gach Luan ... Bheadh a súil ó dheas faoina choinne ón Aill Mhóir ... Chuimleodh cnaipí a ionair le pont a méar ... Chuirfeadh sí ruainne ime gan tsalann leis an ngoirín ...

Ó, bhó, bhó, cé an chaoi a ngabhadh sí chuig an sagart lena scéal gleoite ...?

Chuaigh an mheann ghabhair thart san aer, a meigeallach dhá silt anuas aici ar an gcriathrach agus dhá coimeascadh le loinneoig Mheaig Mhicil ar a cuairt antráthach chuig an tobar. Ní raibh iarracht ar bith de lúcháir Mheaig i nóta éagaointeach an éin. Shíl Muiréad dá mba é an lá gléigeal a bheadh ann go bhfeicfeadh sí an mheann ag tarraint scáile dhorcha, ba mhó go mór ná í féin, treasna thríd an gcriathrach. Cumha, cumha anbhuaineach a bhí ina glór: cumha a bhí fréamhaithe siar, b'fhéidir, go dtí an ceann eile den mhóinteán, go dtí lúcháir, báinseoga cumhra, baile a d'fhág sí ina diaidh ...

Saighdiúr Neainín ag imeacht, uair sa gcoicís, tar éis lá go n-oíche sa mbaile ... Sa seomra ba lú i dteach mhuintir a mhná ... Ag tnúthán a bhí Neainín oíche a pósta go dtiúrfadh Muiréad seomra ina teach féin dóibh:

'Ní chaithfinn oíche sa teach sin, i m'aonraic, a Mhuiréad, dá gcuirtí os cionn an airm uilig mé as a ucht ...! Fear ag dul síos agus fear ag dul suas, na tincéaraí sa gclais ghainimh gacha le coicís, agus an slua sí ag druileáil ar an sliabh chuile oíche ...! Nach bhfeiceann tú nach bhfanfaidh an gadhar féin ann ...!'

Amach as áirc leithleasach a deich mblian a d'fhreagair Muiréad:

'Tá doirse agus boltaí dúshlánacha air ...!'

Tháinig aniar den fharraige, thar Chnoc Leitir Bric, gaimhín ghaoithe a chuir barr na ngéasadaí ag cuimilt sa bhfiúise. D'airigh Muiréad codladh driúillic ag snámh suas ina más ón leic chruaidh ar a raibh sí ina suí ...

Tharraing triopall eochrach aníos as filltíní fairsinge a gúna ... Ní raibh aon ghlas ar an doras! Dhearmadaigh é a chur, ag fágáil an tí go deireannach. Ní raibh sé curtha ach oiread agus í ag bleán. An gadhar breá ba chiontach ...!

Bhí aici cupla fód coise a fhágáil sa tine. Níor léar aithinne beo sa spros luaithe. Gheobhadh sí crácamas ag déanamh tine ar maidin, gan deor ola faoi mhullach an tí ...

Chrom Muiréad ar an luaith. Tharraing brionglán den tlú go dásach thríthi. Thug roinnt aibhleog díbheo aníos ar a huachtar. Chuaigh siar sa seomra, ámh, gan a gcnuasach, ná a gcoigilt i gcóir na maidne ...

Dheifrigh a béal thrína hurnaí i bhfianais na leapan. Mar lochán cladaigh ag líonadh leis an sáile a bhí a hintinn, agus gan í acmhainneach ar na bricíní gorma, a bhí ag síorluain isteach agus amach faoi na clocha ann, a ghabháil ...

Ach ba seabhrán eicínt taobh amuigh a chuir ina suí dá glúine í: geonaíl an ghadhair a bhí tar éis filleadh abhaile, nó tincéaraí ag guairdeall ar chúl an tí, b'fhéidir. Níor chuir an maide éamainn leis an gcomhla ...! Ar theacht aniar sa gcisteanach di chonaic nach raibh an bolta féin air ... Níor bhuail aon fhaitíos í a dhul amach ar an tsráid. Ná siar ar chúl an tí ... Neainín lena cuid tincéaraí agus taibhsí...! Bhí na cearca ar an bhfara agus piachán beag suain acu thrína ngoib. Fuair sí an bhó leis an móta ag cangailt a círe go sáimh ...

Níor mhadadh, tincéara ná cársán sa gcriathrach a rinne an seabhrán ... An ghaoth, b'fhéidir, ag toinnteáil fuamán na taoille as an nglaschuan ar chúla Leitir Bric ... Nó plobarnaíl an tsrutháin dhá mhúchadh sa mbogaigh ... Níor ghá é a fhiosrú. Ba dóigh gur ceann de rudaí simplí an tsaoil a bhí ann, rud chomh simplí agus chomh diamhair lena hanáil féin ... Scíthshrannadh an bheo agus an fháis ag athnuachan a nirt, faoi choinne saothair an athlae dhóchasaigh ...

Chuirfeadh an féar i nGarraí an Tí glúinín eile amach amáireach. Amáireach thiocfadh snafach faoin ngéasadán chois an tí. Charnódh an bhó úgh bhainne. Dhéanfadh an chearc údar uibhe eile a sholáthar ... Dóchas. Beatha ...

D'iontaigh Muiréad aniar ar an teach aríst. Bhí sé ansin mar bhalscóid mhór ina shuí ar chrónchraiceann an chriathraigh. Ba chóir cead a thabhairt don chriathrach fás agus bláthú mar ba toil leis féin ...

Chuaigh siar a chodladh in athuair gan bolta ná maide éamainn a chur ar an gcomhla ... Cér mhiste di a doras a bheith ina uaibhéal ...?

Dá dtagadh sé ... Ag iarraidh solais le rothar a dheasú ... Ag filleadh ó theach ósta ... Bheadh doras fáilteach roimhe ...

Céard déarfadh sí leis ...? Gur thug anáil phóitiúil isteach ar fud an tí ... Gur aithin sí a shúile, a ghoirín ...

Cá bhfios nach dtiocfadh ...? Le maiteanas a iarraidh faoin oíche úd ... Faoi iontú ... Agus pléascadh ag gáire fúithi ...

Cá bhfios muis ...? Níodh daoine rud den tsórt sin ... Má b'fhíor do na hamhráin ... An oíche a chéasadh ag déanamh leanna chois tí a gcumainn ... Scannán forallais a bheith ar a aghaidh ar maidin ... Allas as bruth an ghrá ... Amhrán a dhéanamh ansin agus a hainm ann ... Bheadh daoine ar nós Mheaig dá ghabháil ag teacht ón tobar, nó ag bréagadh a linbh, agus d'fhanfadh cuimhne uirthi féin go brách ...

Dá dtagadh ... A leathbhróg a bheith ar chéim an sconsa ag éirí di ar maidin, agus a fholt glas ó dhrúcht na hoíche ... Gháirfeadh sí leis ... Gáire a bhioródh cluasa an mhóinteáin agus a chumhródh a phutóga bréana ... Gáire na bainse ... Bangháire ...

Dá dtagadh ...

Bhí codladh driúillic sa leataobh a bhí fúithi de Mhuiréad. D'iontaigh a haghaidh le balla ...

Ach ní thiocfadh ... Ní raibh ina lá uilig ach saobhealaín, mar bheadh sí ag iarraidh tuar ceatha a shníomh as rudaí loicthe an chriathraigh – as dasa direoile an ghoirt, as an sruthlán caochta, as an sproisín deannaigh a dhéanfadh liopa an gheimhridh den dreolán ar thortóig luachra eicínt ...

Níor fhág sí an linn mharbh inniu ach oiread le haon lá. Siolla glanghaoithe a thug an borbsháile isteach den tseiscinn agus a chuir an linn ag guagadh. Mar phaisinéara ar bhád nach dtiocfadh aon fhoireann ó na hóstaí chuici leis an taoille tuile a thapú, d'fhuirigh feistithe sa támhchaladh ...

Agus ba shin é saothar tubaisteach a lae! An cumhdach a réabadh de thiobrad thoirmeasctha a croí agus a dhul ar snámh sa tuile dhorcha a dhóirt as. Míshásamh. Mianta fraochmhara. Eagla i riocht úr. Uamhain chomh héagruthach le plobarnaíl in abhainn san oíche, nach mbeadh a fhios arbh iasc é, luch Fhrancach, sciotar cloiche, ná duilleog chríon ag dul san uisce ...

Ach ba lá dá saol é ...! An chéad lá dá saol! Lá nár lá Earraigh ná Fómhair ná cearc! Ná Luan ag éisteacht go sostach le Meaig agus le mná an tsiopa. Ná Luan ag inseacht do mhná eile faoina cuid díog sa sliabh, lena ndearbhthús, a ndearbhthreoir, a ndearbhchríoch ...

Bhí scéal aici de bharr an lae inniu, a scéal féin ... Ceann chomh maith le scéal aon mhná eile ... Rós beag lúcháireach aníos as mórmhoing de bhrón agus de bhréanleann ... Glé alluaiceach mar uisce an tsruthláin, mar phort an dreoláin, nua órtha amhail ciabh an tuair cheatha ...

B'fhéidir go dtiocfadh léi dán a dhéanamh dhe, rud nach ndéanfadh choíchin den chriathrach. Bhí sé ina údar chomh maith lena lán rud a ndéantaí amhráin díobh ...

D'iontaigh Muiréad a haghaidh anuas aríst ar an bhfuinneoig a raibh líochán beag de luathmhainneachan meán samhraidh inti cheana féin. Dhealaigh a béal ina bhogchrónán:

'Níl mé críonna, a's céad faraor nílim
Ach mealltar daoine a bhíos glic go leor ...
Sé críoch gach baoise –'

Cé an chríoch a bheadh ar a scéal féin ...?

Críoch ar bith, b'fhéidir. Ní móide gur dual de chríoch don scéal mór, an scéal fíor, an scéal álainn, ach é a dhícheannadh sa moing, nó fanacht, ar nós lorgaí an bhogha báistí ar an móinteán, gan snadhmadh choíchin ...

Críoch shimplí, críoch dhiamhair na hánála, b'fhéidir ...

'Cé an smál atá tar éis a theacht orm chor ar bith ...?'

Cé an chaoi a n-inseodh sí an scéal sin don tsagart ...?

Ní fhéadfadh sí é a inseacht don tsagart ...

THE EDGE OF THE BOG

'What's come over me at all?'

Muiréad hadn't drained the butter mixture properly. When she was putting it in the bottom of the dresser, it spurted on to the pat and dribbled over her fingers.

'What's come over me at all?'

She repeated the question so she could hear the crankiness in her voice. It took a while for the echo to be swallowed up by the big, bare kitchen ...

She had forgotten to replace the lid on the churn after shoving it in by the closed door.

'Same as a cold,' she said, as she sat on the stool, 'it'll have to run its course.'

Muiréad hardly ever sat down out of tiredness, but the crankiness of the last few days had forced her to rest several times. This crankiness was worse than anything else life had inflicted on her until now, seeping down into the wild roots of her being. Her only sister had died in America; her brother had drowned; her mother's death ten years earlier had left her alone on the edge of the great bog.

Sorrow had eaten its way into her happiness like maggots through ripening fruit. But it hadn't stopped her planting in the Spring or harvesting in the Autumn, looking after pigs and fowl, cattle and churnings, and working the edges of the bog. She was still young when she was left to soldier on. Shut up in her outpost, any offer of a helping hand, any advice was treated like an incursion from enemy territory. So much of the last ten years had been spent digging straight ditches in the bog, that her mind was a pool of stagnant water bordered by the straight shores of Spring, Summer, Autumn and Winter ...

It was the late night she had spent at Neainín Sheáin's wedding that made her realise the pool could have a different shore. And she had been thinking of that shoreline ever since, playing gently with bits of odd fantasies she had stolen from the storehouse of moors, hills and lakes she kept in her mind ...

Spring, Summer, Autumn, Winter. Cattle. Pigs. Churnings. Ditches. Ten years ... A female salmon, trapped in a pool for ten seasons ... And clear fords upstream ...

A pullet squawked into the house and Muiréad got up to put it out. The bird changed tack on wings neat as sails, scattering ashes as far as the ceiling before landing on the edge of the churn. 'Get out of it, you hoor! You've pickled the butter in ashes, after all my slaving ...! What's come over me ...!'

Her mother used to say churning on Monday was unlucky. Muiréad had no time for that kind of old nonsense. And yet she never went near the dash-churn on Mondays, even in Summer when the cow that had just calved was shedding milk ...

Today, for the first time, she realised that her weekly trip to the shop was a necessary part of her life ...

She hadn't made butter on a Monday for ten years ...

From the recesses of her mind, a filthy torrent had poured out, bringing with it all the rubbish of her annoyance. The sluice gate at the high-water mark of her mind had delayed the churning for an hour ...

The trip to the shop was a liberating pilgrimage that brought her to a windswept mountain top, releasing her from the narrow hold of her day, the blind bog of her week...

Her mind leaped across the great bog to the sack of bran she usually sat on in the window of the shop at Bun Locha. It was nice to sit there in the half-light, feeding off the dreams of those who had more than enough to spare ...

Spring, Autumn, cattle, churnings, ditches ...

The women of Cill Ultáin and Ceann Thiar who brought their children to the dispensary in Bun Locha talked about those things too. Listening to them chattering in the shop, Muiréad never imagined the Spring, cattle, and ditches they spoke of were anything like hers. Their talk belonged to a bright, happy time before she was born, before the magic wands were shattered ...

Meaig Mhicil would be in Bun Locha. She'd wait for Muiréad, and Muiréad would wait – as usual – until the other women were finished. Then she and Meaig would walk home together, as they did every Monday. But today, as she hurried to the dispensary with her mollycoddled child, Meaig didn't have time for the usual chat at Muiréad's gate. She'd drive the shop demented with her talk of the child and be so wrapped up in him on the road home, she wouldn't notice Muiréad's face darkening with annoyance, any more than she did every other day ...

Five to eleven ...

Muiréad got up to see if she needed anything from the shop. The little bag of bran sat hunched in the press, almost as full as the day the lorry had left it in the yard. The half-empty bag of oats reminded her she had meant to buy some yellow meal last week. It was cheap, healthy food that filled the hungry gap between the last of the old potatoes and the new ones that weren't worth digging yet ...

She'd say it was for the hens, or the pigs. She'd wait until everyone else had been served. But there was always a customer in the shop. Of course Cáit an tSiopa knew that Muiréad bought from the lorry. Her lip would curl maliciously:

'Thinking about going on the stirabout, Muiréad ...!'

No one, except for the odd old woman here and there, had eaten stirabout for donkey's years. And she not forty yet? A female salmon ...

The shelf in the bottom of the dresser was as full as the press. Neainín Sheáin's wedding was the reason the last purchase from the shop hadn't been touched yet ...

Neainín was her brother's daughter. But that wasn't why she was fond of her. Muiréad herself wasn't exactly sure why or how much she liked Neainín. Every Sunday, from when she was a little girl, Neainín would come over to visit. They'd do the rounds together, looking at the pigs, the hens, the fields, or the latest patch of sodden bog Muiréad was draining. Sometimes, Neainín might bring a couple of friends with her. Those Summer days, they'd go down to Poll na hEasa to look at the salmon basking in the mouth of the stream, or up to Leitir Bric to see the lakes, like shining ringlets in the hollows of the hills ...

Then Neainín took a notion to go and marry a soldier – a soldier she would only see once a fortnight. A week yesterday, she was here visiting as usual. As they walked the land as far as Poll na hEasa, she said the chickens were doing well, that the early sowing had hardly been worth it. All the fish had gone upstream, she said, as she turned away from the still pool ...

Hens, potatoes, fish ... And not a word about marrying ...

On Tuesday she was back again, to tell Muiréad she was getting married on Thursday. No word of a lie! And she only twenty-three years old ...!

The piece of pork Muiréad had bought for Neainín's dinner was still in the dresser, raw as a wound. You could count Neainín's visits on the fingers of one hand from now on ... The pork wouldn't be eaten on Sunday. It was the only thing that couldn't be got from the lorry, so she had no need to go to the shop on Monday for the Sunday following. Monday would be like Sunday, Sunday like any other day, and so on like a string of rotten eggs ...

The pigs were squealing in the sty, and the half-door couldn't stop the hens' wings and screeches from turning the kitchen into a cauldron of noise. Muiréad ignored them, and didn't bother with the usual latemorning cup of tea in her hand that would take the edge off her hunger until lunch time. She went up to Páircín na Leice to weed the potatoes she had planted at the start of the year ...

There were more weeds that she expected: redshank, chickweed, sow-thistle and snarls of borage tangled around every stalk, weakening their stems, blocking the sun. Muiréad attacked the rebellious lowlife. There were far more weeds than last year, after all her hard work digging trenches. It was five years since this patch had last been planted with potatoes. It had been coarse moorland then, but the crop that first year was better ...

Cáit an tSiopa would be saying if the shop was too dear for certain people, then there was always the lorry ...

Jude from Cill Ultáin would tell Ceaite from Ceann Thiar that the priest with the beard had said her little Cóilín would be saying Mass in Cill Ultáin yet ...

Ceaite from Ceann Thiar would tell Jude from Cill Ultáin that Cuimín Mhurcha's wife had told her she'd have twins this time around and that the doctor wouldn't take anything less than twelve pounds, five pounds per child and two pounds lance money ...

There was no borage on the new growth at the north end ... Her own hair was the same colour as the borage ... Ten years ago ... Her mother used to say it was a sin – the sin of pride – to look too often in the mirror. That's what Lucifer used to do. He had a comb of sunbeams for his golden hair! Then he stuck his tongue out at God ...

Meaig Micil would hand the child around from one person to the next. She hadn't slept a wink on account of him ...

Muiréad had fertilised the ground well with coarse sand, and cottony cow dung collected from the hill above. The ditches deepened ...

Meaig Mhicil wasn't even twenty. She had told them her age the last Sunday she was here with Neainín, like she did every time she visited ... She wore a tight, flimsy blouse the night of the wedding. You could see her breasts, like two ripe apples with the stems still in them, just plucked from the tree ...

And the way she had pressed herself against him ...

It was a shithole of a bog and would stay that way until the sun mounted the moon ...

Neainín kissed her soldier shamelessly in front of her. They shoved open the door of the shed into the dark. They couldn't even wait till the crowd had gone home ...

There shouldn't be any borage at the bottom here, or in the north-facing patch ... Spring. Autumn. Churnings. Ditches. A female salmon ...

The young girls were no sooner out the door, than they were grabbed from all sides. Each of them gave a little scream as she was grabbed, and then laughed. They were still laughing as they went into the bushes at the back of the sheds and down the twisty old lane. The sound of the accordion in the wedding house drowned out the screams and the laughter ... The musicians knew well what they were doing ... The two in front playing together ...

This bloody borage! It should be in the thin growth, near the rock, instead of here at the bottom!

Then, one brazen young fella had grabbed her in his arms. He pulled her so close that, although it was dark, she could see his rough, sallow face. The cigarette in his mouth lit up his eyes and the pimple on his face. His warm breath smelled of drink and he slurred his words. He knocked over a bucket of water by the corner of the house as he came after her ... But it wasn't her scream that stopped him. His arms were reaching for her as his face came closer. Then he recognised her and slunk away.

There weren't half as many weeds on the hill, where they should be. No coarse sand or manure had been spread there, only the dry droppings of the donkey ...

A minute later, she heard him laughing at the gable end. It was definitely him. Telling the other lads that he almost ... The nerve of him ...!

The potatoes had failed in the Buaile last year; that's why she had none left ...

There was neither sight nor light of him in the wedding house afterwards. How on earth did she not recognise him?

Because she didn't mix with people – was that why? Blazing eyes. Rough, sallow skin ...

A shithole of a bog; as withered and dry as an old bone on top and soggy underneath.

Her scream had been meant to push him away ... She complained to Neainín about it afterwards, hoping she'd find out his name. The soldier had answered her:

'Divil a bit of harm a good strong squeeze ever did any woman, Muiréad ...'

A good strong squeeze ...

'What's come over me at all?' said Muiréad, yanking clumps of weeds from the ridge, clay and all.

'How will I tell the priest? How will the girls who were at the wedding tell the priest? I wasn't round the back of the sheds, where no one could see, only the stars ...'

'Poxy borage,' she said, spitting the words out through the beauty-gap in her teeth.

All the same, deep down she didn't hate the rampant weeds as much as usual. She brought an armful of straw from below up to the cairn on the stone slab. She didn't check for the smell of blight as she walked back along the trench. Every evening this time of year, she'd walk the potato patch to make sure it hadn't taken hold. There were small red spots on the leaves and traces of white scum on the untidy ground. Muiréad felt nothing as she looked at them.

Some wisps fell from the armful of straggly straw. When she bent down to pick them up, she noticed they were potato stalks. One of the stalks she had wrenched from the earth had a healthy potato at the end of it. Muiréad gave a hollow laugh as the same question surfaced again, under her breath:

'What's come over me at all?'

She threw away the stalk, surprised the untidy state of the potato patch didn't worry her more. There was a cloud, a dark, shapeless cloud, lying over the bog. Muiréad didn't know what it meant. At that moment she didn't care whether it meant the withering of crops, or blight.

Muiréad had always thought it was well for those who could throw off whatever baggage they were carrying and straighten their backs in the clear air. She had thrown off her own worries now ...

She'd love to wander off across the bog this time of day: to stalk the edge of the water like a heron; to be like the moorhens, sleeping and waking in the heather; to cry a while and laugh a while, depending on whether Gleann Leitir Bric was sunny or in shadow; to walk slowly down the hill with the little stream, accompanying its brave music against the rocks and sighing when its final trickle drained into the mire; to go murmuring with the grasshopper from hummock to hummock during spells of fine weather; to follow the salmon to the bright fords upstream ...

She was surprised at how fierce her breathing had become, how everything seemed clearer since she had emptied the dead water from her gills. The pure water refreshed the waterfall of her senses. Since she had thrown away her sterile cares, the screaming and laughing of the wedding was a clear bell ringing in her ear. She heard the same tune in the irrepressible thrum of the grasshopper, in the happiness of the condemned mountain stream ...

Blazing eyes ...

Muiréad started, and moved quickly away from the discarded straw, towards the house ...

It would be easier to tell the priest you were with a boy ...

Meaig Mhicil was going down the road, holding the child by the hand, stopping every now and again to rub its face with her apron. If Muiréad wasn't already half-way to the house when she saw who it was, she'd have stopped for a chat. There was no need to hurry; Meaig was as blind as a bat ...

Suddenly, Muiréad was jealous of the other woman. Wasn't it well for her that nothing could come between her and her precious child. For the rest of her life, Meaig would be the same as Muiréad had been for the past ten years: Spring. Autumn. Churnings. Ditches. Worry ...

She wondered if the back that stoops under the weight of love, also carries the hope of love ... Where there is hope, there is worry – love-worry ... Does the back throw off that weight as well?

The clear lines of the last ten years had been wiped off the moor by the limp wings of the grasshopper, while Muiréad kept rewriting them as question marks on the silent, unchanging sky ...

She had never wanted anything but her own selfish happiness. Sometimes, however, her fortress was unable to keep out the clear light of other people's lives. Then, Muiréad would look out on the world, anxious to show that there was room for heroism and sacrifice in her heart too. And because the bog was the nearest monster at hand, she attacked it fiercely, but for no good reason.

To dry it; make something of it; make the world speak of it as if it were a bright daughter or a heroic son. That her struggle might be remembered like the songs of some mad poet from long ago were remembered today. That she herself might become a lasting dreamsong written on the face of the bog, to be read by all who passed by ...

Then, her hopes would rise up like two arcs of a rainbow from either end of the moor. But they always stopped, like stunted pillars under the vault of the sky, the great bog like a filthy wedge always pushing them apart ...

Today, she realised she needed someone else to shoulder some of her worries. She could never weld the broken arcs into a perfect arch on her own, or turn the foul water of the raw bog into the giddy white wine of hope ...

A rough face ... She'd know him again ... If she saw him; but she wouldn't. He'd be off gallivanting in England, or in the army, or married.

Muiréad went into the room, to the large mirror she hadn't looked in for years, except for Sunday mornings before Mass ...

Heavy, lustrous hair still as yellow as the borage. A pretty face, sensual as ripe fruit ... Cheeks lined with straight furrows ... Hips and buttocks stretching the old dress ... A female salmon ...

Some devil was tempting her ...

The cow needed milking. She realised she hadn't scrubbed the milk cooler after the churning. It was the bloody churning that had started it all off! She wouldn't churn on a Monday ever again. Maybe it was the folly of youth that had made her ignore the old people ...

She carried the cooler out to the haggart wall to scour it with sand. She didn't see Pádraig Dháithí until his greeting made her look up from her work. She was surprised he hadn't stopped at the stile. She watched him all the way up the road, irritated by his brisk walk. The entrance to her yard was the same as any other now for Pádraig, just another stepping-stone on the way back to his own place ...

She scrubbed so hard she tore splinters off the side of the cooler. Wasn't Pádraig Dháithí in an awful hurry? Couldn't he stay and have a chat, like he did whenever she met him on the road ...?

Hot water splashed from her hands over the sides of the cooler, scouring the sun-baked earth from the cobbles in the yard ...

There could hardly be another baby arrived at Pádraig's? Meaig Mhicil would know, if she had the manners to stop a while, on her way up or down, and talk to her. Was that why she was in such a hurry this morning? Maybe, after all, she had never brought the child to school. What could have kept her so long? Hanging around until it was time for the kids to go home! What was she up to?

Married women were in their element in any house that had a new-born baby. She used to hear them in the shop saying they drove the doctor demented.

'Are you in labour too?' he'd ask if one of them got in his way.

Then all the women would burst out laughing; their cackling filled the dark little shop, like a large exotic bird flapping its wings in the half-light. As soon as they stopped laughing, they'd pair off and start whispering to each other. Muiréad could never work out why they were laughing or why they were drawn to houses with new-born babies. She would always be a clumsy swimmer clinging to the surface of the bog, looking up at the birds as they spread their wings at the tip of the rainbow, singing their secret songs in the sun's ear.

She stared at the puddles of hot water she had spilled in the gutter by the side of the road, remembering all the nights Pádraig Dháithí had spent talking to her, over at the stile and up at the school wall. Like a magic garden that suddenly sprouted from the blind bog before disappearing again, she remembered the last of those nights, when he told her he was going to ask Nuala Hiúí to marry him, if Muiréad wouldn't have him ... And he and Nuala were after having their ninth child today ...!

Muiréad was barely in the door, cooler in hand, when the dog rushed in after her. He jumped up on the chair and ran his tongue anxiously across the table, licking up the breadcrumbs she had left there after her dinner. Then he started sniffing and scratching at the dresser door. He devoured the hunk of bread Muiréad threw him, then stood on his hindlegs and leaned against her, hoping for more. When she gave him another piece, he made for the door, but Muiréad grabbed the leash from the wall and tied it round his neck. She ignored his howling, and dragged him around the back of the house. If she tied him up in the kitchen, she wouldn't sleep a wink all night with the noise.

The hens had settled in the henhouse. She couldn't leave him there, or in the pigsty. The cowshed was empty but Bile Beag still hadn't brought the new door. A dog howling in a shed with no door was as bad as one in the house. She had to do something with him, at least until the cow was milked.

To hell with the dog! She thought she'd get some peace when she sold the donkey. That bloody donkey! At the first sunny whisper of a grasshopper, he'd prick up his big, lazy ears; no rope or spancel could keep him in once the bright Summer entered his heart and blood ...

She locked the door of the henhouse and tied the leash to the hasp.

'Where were you, you bitch, when the cows were headed for the swamp yesterday? And today, when the sheep were at the hayseed ...?'

Muiréad kicked him in the belly with her nailed boot. He didn't whimper but lay flat on the ground, his ears laid back, his upper lip twitching, as if he were asking forgiveness. She'd never treated the dog like that before; now she wished she hadn't.

A big lump of his ear hung loose, and there was a fresh red weal on his hindquarters. He was limping, his eyebrow a mass of clotted blood, hiding his bright eye. It was his first trip to the house in two days ...

Muiréad loved milking at this time of year. Her heavy hair brushed the cow's flank, while the milk flowed in diagonal spurts as quickly as threads run from a spool by nimble fingers. The thick generous milk of Summer ...

A noise from the yard startled the cow. She took no notice of the armful of hay or the 'Só bhó bhóin' Muiréad sang to try and soothe her. She would have gone to the house to get a chain but she realised there was hardly any milk left. Bad luck was harnessed to the bog – locks, ropes, halters and chains ...

The cow's hoof knocked over the bucket, spilling the fresh milk down the parched hillside as far as the seeping cow dung.

She stared at the lazy slick till the last glint of bright milk had disappeared ...

Out on the hillside, the playful stream was choking in the quagmire. Here, the best milk had been swallowed by the dung heap, down into the darkness, among the worms and rotten corpses of ancient trees. The stinking belly of the bog would swallow anything – a person's sweat as soon as a cow's milk – and turn it into stinking swampstuff, quagmire and mould ...

That milk should have produced something beautiful – shoots sprouting in the clean wind and sun ... It should have made her pigs' backsides as soft as fresh breadloaves; or made a prize bull of the black hill-calf, so that cows would be brought to him from far and wide. It should have brought a bright glow to a child's face ... It was milk like that which gave Meaig's child his ruddy cheeks ...

Although she was nearly forty, Muiréad's body was stronger and more able now than it had been ten, even fifteen, years ago.

But the exhausted stream had drained to a trickle in the swamp. The proudest tree that blossomed under the sun was now a stump of bog deal submerged under the moor. A cranky old stump ...

Who knows how long Muiréad would have stayed there blaming the bog for all its shortcomings, if she hadn't heard the sound of crying. A woman was coming up the road towards her. Muiréad made for the house, so she could get there ahead of the stranger, who went right past, without glancing at the wicker gate or the stile ...

A tinker. Muiréad didn't like tinker-women. She sent them on their way with as little as possible for their trouble – a handful of poreens, usually. They were all thieves as far as Muiréad was concerned, although they had never stolen anything from her. But she wasn't in the habit of leaving things lying around ... She always locked the door facing the road, even if she was only going to the shed at the back of the house. The dog had been trained to keep a look out at night, or when she was away from the house ...

The tinker-woman went down the path to Meaig Mhicil's.

Meaig would get rid of her with a few poreens too ... Hardly. The tinker-woman knew her business. Meaig would take pity on the squalling bundle in her arms; a woman with a child was always welcome in a house where there was another child.

Meaig had little interest in any child except her own. As soon as she'd hear the practised scream of the tinker-child, out she'd go, dragging her own child by the hand, to show him off, telling the other woman how she hadn't slept for a month on account of him ... She'd tell her his age to the day, reciting every ailment he had from the time he was the same age as the tinker-child ...

It was milk that gave him those ruddy cheeks.

The tinker would get a generous helping of milk for her child ... She knew her business alright – no point in going to a house where the best milk had been swallowed by the greedy, stinking bog ...

Muiréad walked back along the lip of the bog from where she had watched the tinker-woman. A few hens were still running around behind the house, half-terrified. Then she realised what had startled the cow: the dog was gone – he had ripped the hasp from the door and taken the whole lot with him: hasp, lock, rope and all! She had no other hasp or lock for the henhouse. Or a dog to keep watch. And the tinkers camped up by the sandpit at Trosc na Móna! She'd have to put them up in the loft, like she'd had to do a few times before, and nurse her bitter worries in her arms again ... Let them stay where they were ... Even the tinkers would think twice before coming to her now ...

Muiréad brought the milk bucket inside and sat down on the stool ...

She was too set in her ways to take a rest this early in the evening. She needed an armful of nettles for the hens and pigs ...

She went out again, up around the Leacachín, and attacked a thick clump of them by the west wall ... Nettles were healthy food for hens. And pigs. They'd have to do until the new potatoes were ready ... If she saw him... Even if she did ... What would she say to him? I told myself, Father, if I saw him, I'd tell him ...

Muiréad tore the sock from her hand ... Better to let herself go completely once and for all than to keep stroking a wild dog in the recess of her mind, like she was doing now ... Hell is full of people who did less ...

She turned towards the foxgloves, little ears listening along the eastern wall. She picked one and burst it between her fingers. The night of the wedding, during the set-dances, the boys made a snapping sound like that with their fingers as a sign to their partners that it was their turn to dance ... No one asked her to dance. If they had ... She hadn't danced for at least ten years ... She was never one for dancing; the houses on the sullen moor were too far apart ...

If she had been asked out, what would she have said? That her shoes were hurting her? That she had twisted her ankle a couple of days before? That her light shoes were being mended? She couldn't say she wasn't able to dance ... She'd be bumping into people on the dance floor, making a show of herself ... But no one asked ...

Her feet moved, and her lips murmured rhythmically ... Down like this ... Up again like that ... Across ... Around ...

Muiréad burst all the blossoms on the stalk and it gave her a strange satisfaction, like nothing else she had done all day; the same satisfaction she'd get from lighting a cigarette, she thought, from pursing her lips and blowing long strings of smoke into the air. But she had never put a cigarette in her mouth. The young women took them from the men, the night of the wedding, hiding their heads between the boys and the wall, so their parents wouldn't see them. But no one offered her a cigarette. If they had, would she have refused? She pursed her lips ...

She attacked another foxglove. Soon, the edge of the field was covered with the shattered lights of the fairy-lamps. The old people used to say there were magic lanterns in the foxgloves that allowed the fairy-women to see in the night dew the face of the man they would take with them to the other world ...

Let them cool off in their fairy-skins; it was hard enough to find a man in the real world! Or did the fairy-men skulk away from them too in the darkness and burst out laughing?

She'd recognise him, without the light of the foxglove or the dew ... She didn't have to wash her shirt, like those other óinseachs, up where the three streams came together in Gleann Leitir Bric ... A rough face; a pimple; blazing eyes ...

Dusk had almost fallen on the long day when a late bee landed on her hand, exhausted from the futile search among the shattered foxgloves ...

Muiréad walked back and sat on the large, bare slab in front of the house. She didn't feel like drinking tea or milk again; she'd done so three times already today. Neainín and the girls said drinking tea after supper kept them awake.

She couldn't remember the last time she had been outside so late. Even in the middle of Summer, she'd have the bar on the door and the lamp lit while it was still light. For the past five weeks she had got up and gone to sleep again with the sun, without ever lighting a lamp. Pity she hadn't remembered it sooner! There wasn't a drop of oil left in the house ...

Even if he only came to her once a fortnight!

The light was fading from the bog as the long, cold fingers of night crept around the shoulders of the mountains, dragging them down into the blackness at the foot of the sky ...

Muiréad listened carefully in the light breeze: there wasn't a peep from the tinkers up at the sandpit. All she could hear was a hollow wheezing, like an old man in his sleep. The bog always wheezed like that at this time of year, its stinking belly parched by drought ...

She must have been blind not to have noticed it before now: the yard was infested with docks! Thistles grappled with fuchsia by the wall: a fine parade of them, smooth seed pods at the ready, marching up to the window-ledge! Rushes – the straggling beard of the moor – stood to attention at the south-western corner of Garraí an Tí ... Pádraig Dháithí was right: that's where she should have planted the potatoes this year. It was better than the worn-out soil of the Leac ...

The hilly clumps on the bog were like animals – huge beasts lying low, waiting until the light died before attacking ... There was still some daylight brooding on Tulach an Fhéidh. She noticed something bright passing through the narrow light ... Maybe it was Gilín, the pet lamb, returning from the fold. From the time he was born around St Bridget's Day, he had never moved away from the house until this morning. If he had been with her this evening, the two of them would have been inside the house while he nibbled sugared bread from her hand. The lamb was company for her on these endless Summer evenings. But Gilín felt more independent these days. Every day for the past week, he was up on Aill Mhór sunning himself, listening innocently ...

She was nice to the donkey, to the dog and the lamb, but it made no difference. Sooner or later, they pricked up their ears and left ...

Again, the mountains seemed to be closing in on her. Their true shape was clearer in the dark than during the day – big, hard warts on the moor's thigh. Out there between two hills, there was a bright hole in the black clouds at the edge of the air; that was Meall Bán. From there, Neainín would watch the road, one evening every fortnight, waiting for her soldier to come home. She'd spot him two miles away, she said. She'd see his buttons glinting in the sunlight. She'd run inside and put the kettle on, then walk down the path to meet him at the top of the road ...

Docks. Thistles. Rushes ...

It wasn't today or yesterday or the night of the wedding these ugly scabs had appeared. They had sprouted from a weedy patch she didn't know was in her until now. All that had happened was a blanket of fog had lifted from the bog for a second, and she saw the quagmire she was drowning in...

The bog begrudged every spell of fine weather, to the stream, the grasshopper, to everything. If a patch of land was prised from its clutches one year, sprouting golden ears of corn, the following year it would stiffen its barbarous mouth and squeeze rushes and stagnant water back up through it ...

For all that, she had kept a tight rein on the bog until now. In the past year, faded blotches had appeared on her door; she could see them clearly, even in the failing light. She should have listened to Pádraig Dháithí and put a few strakes of thatch by the chimney at the start of the year, where the soot marks ran down the wall ...

Even if he only came once a fortnight, she'd shave the moor's stubbled jaw and empty its stinking belly while he was away ... A visit every fortnight would be better than Neainín on Sunday or the shop on Monday ... She'd look out for him from Aill Mhór; polish the buttons of his uniform with the tip of her finger; put unsalted butter on the pimple...

Ó bhó bhó, how could she go to the priest with her fine story?

A jacksnipe flew overheard, its cry spilling over the bog, mingling with the sound of Meaig Mhicil's singing on her late visit to the well. There was no trace of Meaig's joy in the plaintive voice of the bird. If it was daylight, she'd see the jacksnipe dragging an outsize shadow across the face of the bog. She heard the loneliness in its call, a restless loneliness that was rooted, maybe, at the other end of the moor, where there was joy, fragrant green fields, a home it had left behind...

Neainín's soldier leaving, once a fortnight, after a day and a night at home ... In the smallest room in his wife's people's house ... Neainín was hoping, the night of her wedding, that Muiréad would offer them a room in her house: 'I wouldn't spend a night alone in that house, Muiréad, even if they put me in charge of the whole army! Men coming and going, the tinkers up at the sandpit every other fortnight, and the fairies drilling on the hillside at night! A dog wouldn't put up with it!'

Muiréad answered from the selfish ark where she had spent the past ten years:

'It has good doors and strong bolts ...!'

A stinging gust of wind came in from the sea, over Cnoc Leitir Bric, knocking the heads of the thistles together in the fuchsia. She felt pins and needles in her thighs from sitting on the hard slab ...

She pulled a bunch of keys from the wide folds of her dress ... The door wasn't locked! She had forgotten to lock it when she left the house. It was open all the time she was milking. The bloody dog was to blame!

She should bank a few sods in the fire. There wasn't as much as a spark left in the ashes. She'd find it hard enough tomorrow morning lighting the fire without a drop of oil in the house ...

Muiréad bent down to the ashes and raked through them roughly with the tongs, bringing a few dead embers to the top. She went back into the room, without gathering them together or banking them for the morning ...

She hurried through her prayers by the bed. Her mind was a rock pool filling with seawater; she couldn't catch the minnows that kept swimming in and out between the rocks...

Hearing a noise outside, she got up off her knees: the dog whimpering, maybe, or the tinkers prowling around the back of the house. She had forgotten to put the bar on the door ... Going into the kitchen, she noticed she hadn't even bolted it ...

She felt no fear as she went out into the yard, and around the back of the house ... Neainín with her tinkers and ghosts...!

The roosting hens were wheezing in their sleep. The cow was by the dike, happily chewing the cud ...

It wasn't a dog, or a tinker, or the wheezing bog that made that sound ... Maybe it was the wind funnelling the noise of the tide through the lake behind Leitir Bric ... Or the splashing of the stream being smothered by the marsh ... There was no need to check it out. It was probably one of life's little mysteries, something as simple and as strange as her own breathing, the peaceful snore of the living, growing world resting and renewing itself in hope for what tomorrow would bring ...

The grass in Garraí an Tí would grow again tomorrow; the thistles by the house would grow stronger; the cow's udder would fill with milk; the hen would be ready to lay another egg ... Hope. Life ...

Muiréad turned back towards the house. It sat there like an enormous blister on the sallow skin of the bog. The bog should be allowed to grow and blossom as it pleased ...

She went to bed without barring or bolting the door ... What did she care if the door was wide open ...

If he came ... Looking for a light to fix his bike ... On his way back from the pub ... The open door would welcome him in ...

What would she say to him ...? That he smelled of drink ... That she recognised his eyes, the pimple on his face ...

Who's to say he wouldn't come? To apologise for the other night? For turning away from her? And bursting out laughing?

Who's to say? People do things like that ... If you could believe the songs ... Spending the night crying at a sweetheart's house ... A cold sweat on his face in the morning ... After the heat of love ... He'd compose a song then, with her name in it ... People like Meaig would sing it on the way to the well, or soothing her child, and she would be remembered forever ...

If he came ... His foot on the stile in the morning when she woke up, his hair damp from the night dew ... She'd laugh with him ... A laugh that would prick up the ears of the moor and sweeten its stinking belly ... Like the laughter at the wedding ... A woman's laugh ...

If he came ...

Muiréad felt pins and needles in the side she was lying on. She turned her face to the wall ...

But he wouldn't ... Her whole day was a lie, trying to make a rainbow from the failed things of the bog – the miserable stalks in the field, the suffocated stream, the grasshopper that winter turned to dust on a clump of rushes...

She hadn't left her stagnant pool today, any more than any other day. A breath of clean wind from the angry sea had crossed the swamp and set the water trembling. Like a passenger on a boat with no crew to make the most of the flood tide, she stayed where she was, anchored in the calm of the harbour ...

And that was all she had done today – ripped the lid from the forbidden well of her heart so she could swim in the dark flood that poured out of it; frustration; furious desires; a new kind of fear; terror as shapeless as a splash in a river at night, when you don't know if it's a fish, a rat, a skittering stone or a withered leaf falling into the water ...

But it was a special day, the first day of her life! Not a Spring day or an Autumn day or a hen-day; or a Monday listening silently to Meaig and the other women in the shop; or telling them about her ditches on the mountain, with their absolute beginning, their certain course and absolute end ...

She had a story after today, her own story ... As good as any woman's story, a small, happy rose in a vast swamp of sadness and filth ... Clear and airy like the waters of the stream, the chirp of the grasshopper, new and golden like the plaits of the rainbow ...

Maybe she could make a poem from it, something she could never do with the bog. Songs had been written about less ...

Muiréad turned towards the window, already touched by the midsummer dawn, her mouth crooning softly:

'Níl mé críonna, a's faraor nílim
Ach mealltar daoine a bhíos glic go leor ...
Sé críoch gach baoise –' *

How would her own story end ...?

Maybe it wouldn't. Maybe the only way her beautiful, true story could end was by being decapitated in the swamp, or broken like the arches of the rainbow over the moor, forever apart ...

A simple end, mysterious as breathing, maybe ...

'What's come over me at all?'

How would she tell it to the priest ...?

She couldn't ...

* I'm not old, and 'tis a pity I'm not
  But even the clever are led astray ...
  The end of every foolishness –

AN STRAINSÉARA

1

Néall níor chodail Nóra ar feadh na hoíche. Chuala sí glogar an tsíol fraganna as Garraí an Locháin agus scréach smólaí a dúisíodh go hantráthach, i dtomacha Pháirc na Buaile taobh thiar den bhóithrín.

Lig an coileach a chéad ghlao – mar theilgfí smeachóid bheag smúrach isteach i nduibheagán mór an tsuain. Níorbh amhlaidh don dara headra é. Ba é a bhí tuineanta sotalach. Bhí gob cruaiche ar a gharg-ghairm ag dul thrína cliabh. Aríst ar feadh na maidne níor bhodhraigh an smeachaíl ina cloigeann ná an fuadach faoina croí. Bhí mífhonn uirthi éirí nó go raibh sé go maith thar an ngnáthuair.

An 'rapar' a chuir sí uirthi féin. Ba ghlaine é ná a cóta dearg ciumhais-sceite. Ní raibh aon údar aici an cóta eile – cóta an Domhnaigh – a chur uirthi lá maitheasa.

Ba ghnáthach léi a bheith ag imeacht cosnochta nó go mbíodh an bricfasta thart. Tharraing a bróga uirthi ar éirí di inniu. Dhúinfeadh ní ba deireannaí sa maidin iad.

Ba ar an gcuma a bhí uirthi agus í cromtha síos le breith ar an tlú ba léire a deilbh agus a dreach. Bhí a colainn docht néamharach mar thuailm rótheannta.

Dá ceannaghaidh, ámh, is mó a bhéarfá sontas. B'aghaidh chnapach míshnuamhar ar nós muirtéil é.

Bhí sé mar roinnfí le barr liatháin é ina phainéil – gach painéal dhe chomh tirim, shílfeá, is go n-éireodh sé ina screamh faoi bharr d'iongan. Agus ó shamhlódh duine an muirtéal uair amháin, ba dhóigh dhó na sliogáin ghalbánacha a cuirtear ann a shamhlú freisin agus é ag féachaint ar a dhá súil ghloineacha chrua, lena bhfabhraí ganna silte. Liath a bhí a gruag: liath agus éadrom – ar éadroime an dlaíógín deataí sa tine dhíbheo.

Chuimil Nora an ghruag siar as a súile. Lig uaithi an tlú a raibh sí ag priocadh sa teallach leis. Sheas ala an chloig ag féachaint fúithi i lár an tí. Bhí na roic i gclár a héadain dhá sníomh aici mar bheadh cneachaí pianmhara:

'Ní chuirim orm é go dtéim ag bleán ...'

An seáilín craobhach – mar thugadh sí air – de stuaic an drisiúir a dheasaigh sí aniar faoina bráid.

Chrom ar an tlú aríst. Chart amach an choigilt. Chnuasaigh na smeachaidí beo in aon chaidhlín amháin. Thug trí nó ceathair d'fhóide coise as an gcarnán móna le balla. Bhris agus dheasaigh timpeall ar na smeachaidí beo iad. Mar leamhan gránna dhá bhreith as a thruaill shníomh gailín deataigh aníos as an tine úradhainte ...

A thúisce téisclim an bhricfasta déanta shuigh sa gclúid ag oiliúint na tine a bhí ag cnádadh faoi seo.

Bhí an luaith ina láithreachán ar an teallach thar oíche amhail sceathrach thriomaithe a d'fhágfadh beithíoch mór eicínt ina dhiaidh. Scannán deannaigh ar an urlár. Scráibeanna de phoiteach bhróg, bachlóga fataí agus ruainní clumhaigh thríd. Locháinín uisce mar a raibh na tubáin agus na buicéid thiar leis an doras dúinte. É sáinnithe ag sop tuí, ag bláthanna *mangolds* agus ag veist a bhí titithe de phionna sa mballa ...

D'itheadh a bricfasta gach lá roimh an gcisteanach a scuabadh di agus an luaith a chur amach.

Ag féachaint suas di air ón gclúid anois, ba shalachar de chineál nua neamhghnáthach é nach raibh a súile i ndon a fhuilint. Rug ar an scuaib. Scríob go broidiúil roimpi anuas go tine an mhír ramhar den tsalachar, gan dul i ngaobhar a chuid gabháltas aistreánach faoin gcófra ná leis an doras iata go dtí tráth eicínt eile.

Thug isteach an tsluasaidín smutaithe gan aon chois ó bhinn an tí. Chaith scaird uisce ar an luaith. Níor cuireadh amach roimhe sin í le dhá lá. Chúig lán na sluaiste dhi a bhí ann: chúig aistir go dtí an carnán ar an tsráid ó thuaidh: aistireacha nár ghá chor ar bith ar a céalacan, adúirt sí léi féin ...

Ar fhilliúint di i ndiaidh an aistir deiridh bhí a fear céile Micil agus an Fear Óg ina suí.

Bhí dianghreim ag Micil ar gach aon phluic dá bhróig dhá strachailt air.

'Nach maith gur liomsa a d'éirigh uachta bhréan na seanbhó!' adúirt sé, idir dhá osna.

Ba shin é rosc catha Mhicil gach maidin roimh thús a chur dó ar an tsáriarracht a d'éigníodh an bhróg chúng aníos ar a chois.

Sa gclúid eile a bhí an Fear Óg ag féachaint ar an mballa ó thuaidh; ag féachaint ar an sreabh súí amhail brónbhratach a bhí ag déanamh dhá leith den ghileacht anuas go híochtar ...

'Má tá aon bhraon *castor oil* agat,' arsa seisean, ag iontú anall ar Mhicil dó, 'bogfaidh sé iad.'

'Chuir mé im orthu,' adúirt Micil, 'ach ba é an cás céanna é ...'

An scian a bhí sí a chuimilt i mbinn a naprúin thit as láimh Nóra. D'iontaigh thart gan í a thógáil agus tharraing cíléar a raibh taoscán uisce ann amach ón doras dúinte. Bhí sé ar a leathriasc aici agus an t-uisce cab ar chab lena bhord nuair a d'éirigh an Fear Óg le breith as a láimh air.

'Céard a dhéanfas mé leis?'

B'éigin dó an cheist a chur dhá uair le súile Nóra a bhogadh de bhróga Mhicil, lena teanga a iarannáil amach ina leithscéal:

'É a leagan amuigh ar an tsráid.'

Níor ghá bacadh leis an gcíléar ó thús. Athobair a bheadh ann dhá thabhairt isteach san áit chéanna. An Fear Óg ba chiontach ...! Caintiú ar *chastor oil* ...! Caintiú ar *chastor oil* i dteach nár tháinig aon *chastor oil* ariamh ...!

'An dteastaíonn aon chúnamh eile uait?' arsa an Fear Óg, tar éis dó an cíléar a leagan taobh amuigh de ghiall an dorais.

'Fan i do shuí ansin,' adúirt Micil. 'Ná déanadh duine aon cheo go bhfaighe sé a bhricfasta. Sin é an chaoi a bhfuil mise ar aon chor.'

'Tá cleachta maith agamsa ar obair chéalacain,' arsa an Fear Óg. 'Ba mhinic a thugainn díol an lae de mhóin abhaile ó na Rua-Thamhnaigh roimh mo bhricfasta! Dheamhan mórán maidin ar feadh séasúr na gliomadóireachta a n-itheann muide aon ghreim nó go mbíonn muid istigh ar ais ó na potaí.'

'Díchéille, a mhic ó!' arsa Micil. 'Díchéille a thiúrfainnse air sin! Ní cheart rud ar bith a dhéanamh ar céalacan. Mug maith tae! Sin é an fear oibre! Ní ghabhfainn go dtí giall an dorais ansin amuigh dhá uireasa. An lá a mbíonn sagairt ag éisteacht faoistean ar an mbaile is beag nach dtiteann déidín agam ...'

Rop Micil leis. Níor chuala Nóra chor ar bith é. Bhí sí thrína chéile ag caint an Fhir Óig, chomh mór thrína chéile is dá mba carraigreacha nua a bheadh timpeall ar an teach i ndiaidh na hoíche ... Lena chur ar bhróga a d'fhaigheadh mná *castor oil* ...! A dhul chun an phortaigh ar céalacan. Cliabh móna thiar ar chúl do bhoilg ar céalacan ... B'fhearr sin, ámh, ná a dhul go cladach agus curach a chur de bhairéad ar do cheann, dhá thabhairt go béal na toinne ... An churach ansin ag sraonadh léi suas go dtí corc an phota gliomach, mar chiaróig mhóir go dtí cnaipe i bhfilltíní glasghúna. An gliomadóir, i gcónaí, ar céalacan ...

Bhí Nóra coimhthíoch ar an ngliomadóireacht. Níor facthas an cheird sin sa dá bhaile sin ach le cúpla bliain. Gliomadóir as an Tír Thiar a chonaic Nóra dhá dhéanamh ar dtús. Abhus san áit seo a chaitheadh sé an séasúr anois gach samhradh. D'fheiceadh é uaireanta agus í ag an gcladach. Ba léar di freisin ó shráid ó dheas an tí é, ag triall ar an gcaladh agus ag iomramh amach le féachaint ar amhantar a chuid potaí. Níor chuimhnigh sí ariamh gurbh fhéidir dó a bheith ina throscadh ...! Ba ghradha na béasaí a bhí acu sa Tír Thiar...!

'Tá na portaigh comhgarach díbhse thiar ansiúd,' a bhí Micil a rá leis an bhFear Óg.

'Thar mar atá siad aniar anseo is cosúil. Ní mórán le ceathrú míle na Rua-Thamhnaigh uainn. Déarfainn féin gur saoire do dhuine gan cúnamh thart anseo gual a cheannach, má tá na portaigh an fhaid sin ó láthair ...'

'Dhá mba ansin amuigh san iothlainn a bheidís ní ghabhfadh muid go dtí iad ar céalacan ...'

Ba í Nóra a labhair. Ag cosaint na réidhchúise a bhí sí – réidhchúis a fir agus a baile: dhá gcosaint ar na nósa nua-aosacha, ar an méin ropanta, ar an saol danartha ba dual do rosannaigh agus d'oileánaigh na Tíre Thiar ...

3

'Tá do bhricfasta réidh anois,' adúirt sí leis an bhFear Óg.

Bhí an stól tarraingithe leis an mbord ag Micil cheana féin.

Maol ar bhilleoig an bhoird a leag sí ubh Mhicil, ach chuir sí ceann an Fhir Óig in uibheagán le hais a chupán tae.

Ba chupán a thug sí dó – cupán agus sásar. Muigín a bhí ag a fear. Dhá mothaíodh sé an tae róthe gheobhfadh sé sásar den drisiúr lena fhuarú air. Chrup Nóra lena muigín féin isteach sa gclúid.

Lean an bheirt fhear dá gcomhrá. Dhá uair a labhair Nóra, gach uair acu le fáithim an chomhrá a choinneáil ó sceitheadh amach ina dhianthost.

Bhí cluas uirthi in imeacht an ama ...

Bhí a theanga aclaí so-ghluaiste mar shnámh éisc. Focla cneasdorcha na Tíre Thiar! 'Créalach' a ghlaoigh sé ar an luaith, 'sleaic' ar mheirfean, 'tonn fhriochóg' ar scrath ghlogair agus chuir sé 'aice', 'leathrachaí', 'aighre' ag scréachaíl ina n-éanacha cuideáin ar fud an teallaigh ...

Aréir roimhe sin tháinig cailín comharsan – Máire Jim – isteach go dtí í le rudaí ón siopa. Rinne an Fear Óg babhta nathaíochta léi. Thosaigh Máire ag athléamh air, ag tabhairt 'mucaí' ar 'muca'. An rud céanna a dhéanfadh a Nóirínse, a chol ceathar. Chaithfeadh Nóra leidhce faoin gcluais a thabhairt di lena béal a dhúnadh. Bheadh sí ag caoineadh ansin. Ach a thúisce amuigh í imeasc aos óg an bhaile thosódh Nóirín ar an gceird chéanna aríst. Mar sin a bhí gasúir agus gearrchailiú. B'fhéidir gurbh iad a ghortú a dhéanfadh an Fear Óg. Ní leidhce bhog faoin gcluais a thiúrfadh lámh ón Tír Thiar. Cé a thóigfeadh orthu a bheith ag athléamh ar chaint na Tíre Thiar ...?

Curachaí agus báid! 'Na Rosa' agus 'Na hInsí' ar gach dara siolla ...! Chluineadh Nóra caint ar na háiteacha sin gach lá ó bhí sí ina naíonán. Ní mórán le fiche míle siar a bhíodar ón mbaile fearainn seo aici féin.

Fiche míle go dtí an Tír Thiar. Leathmhíle go dtí potaí infheicthe an ghliomadóra, i stupóig an chladaigh, ar aghaidh an tí. Ghiorraíodh na fiche míle ina leathmhíle. Shíneadh an leathmhíle ina fhiche míle. Duibheagán dorcha nár chúngaigh an t-iomrá agus nár shoilsigh an radharc a bhí iontu araon. Ba é an coimhthíos céanna a bhí aici leo freisin: coimhthíos an mheath-aitheantais.

Ba mhinic a scríobhadh a deirfiúr Bríd – máthair an Fhir Óig – dhá hiarraidh féin agus Micil ar cuairt. Ghealladh sí do Bhríd, ach ní bhfaigheadh ina claonta a geallúint a chomhlíonadh. D'fhág sin nach raibh sí sa Tír Thiar ina saol. Bhí Micil thiar – uair amháin ...

4

Ba é ar bhain Micil dá uibh féin an fíormhullach. Rinne chomh muirneach é is dá mba ag filleadh siar na n-éadaigh leapan de pháiste, le féachaint an raibh ina chodladh, a bhí sé.

Mheasc an Fear Óg a chuid tae. Rop an spúnóg thrí bholg na huibhe gur ardaigh a leath ar an gcéad iarraidh. Maide rámha ag scoilteadh toinne ...

Bhí de rún ag Nóra an t-arán a ghearradh inniu, ach níor chuimhnigh air nó go bhfaca sí Micil ag síneadh an cháca chuig an bhFear Óg:

'Seo dhuit féin é. Is staidéaraí an dá láimh atá agat, bail ó Dhia ort, lena ghearradh ná agamsa!'

Ina stiallóga tanaí treasna an cháca a ghearr Micil a chuid féin. Bhí sé chomh haireach ag cur na scine thríd is a bhíodh leis an rásúr ar a éadan. Siar díreach ina bhéal a chuireadh an t-arán, bhogadh de leataobh é, agus i ngeall ar a fhiacla a bheith fabhtach shílfeadh duine gur charghas leis aon ghreim dhe a ídiú.

Ach ina chanda choirnéalach isteach go croí an cháca ba ea a ghearr an Fear Óg é. Chuimhnigh Nóra ar ghob biorach agus ar dheireadh díreach na curaí.

Chuir sé im ar gach éadan dhe. Ní bhrúdh sé siar ina chraos chor ar bith é, ach a ardú i bhfogas orlach dhá bhéal agus an drad a shíneadh lena chur báite ann. Bhí fiacla geala folláine aige! Mar sin a sciobadh breac an baoite de dhuán! Ag inseacht do Mhicil agus do Nóra faoi na héisc oilbhéasacha ar a raibh taithí aige – faoi theanachair an ghliomaigh, faoi áladh an fhíogaigh agus an choncair – a chéas an Fear Óg an oíche roimhe sin ...

Bhí Micil chomh réidh, chomh neamhbhroidiúil, le bó ag cangailt a círe. Ba í fiacail na foghla a bhí ag an bhFear Óg. Bhí ampla na heascainne ann, é airdeallach mar shionnach fáitill agus a shúil chomh haimhreasach le gadhar a mbeadh daba ina bhéal. Ba é a lón an lón a tomtar sa sruth fola agus a caitear ar fhód an bháis ...

5

Chuimil Micil a bhéal le binn a bháinín, agus d'iontaigh amach ón mbord.

'Níor fhéad mé,' arsa seisean, agus é ag stróiceadh giob de pháipéar siúcra den fhuinneoig, leis an bpíopa a dheargadh, 'a dhul ag obair ariamh gan gail a chaitheamh an chéad uair.'

Bhí a dhroim in aghaidh an bhoird aríst, a chosa thar a chéile agus a ghnúis, thrína phéacáin toite, ina thaos spadúil ag an suan go fóill.

'Cá'il do phíopa? ... Seo' – agus shín a ghiota tobac anonn chuig an bhFear Óg.

Tharraing sé seo stuipéad as póca a ascalla.

'Tá fuílleach tobac agam,' arsa seisean. 'Agus píopa. Ach ní bhainim flaim ar bith as nó go n-ársaíonn an mhaidin. Tá mo ghoile goirt –'

'Sáile,' arsa Nóra léi féin.

'Agus tá tobac ródhomlasta le bualadh síos os cionn beatha. San airneán seo caite ní chuirinn blas an phíopa ar mo bhéal nó go dtéinn ar cuairt san oíche.'

'Nach haoibhinn duit!' adúirt Micil. 'Sé mo sheandícheallsa troisceadh an lá a mbíonn faoistean ar an mbaile ...'

Ba ag Nóra a bhí a fhios sin. Oíche ar bith a mbeadh sé gan píopa tobac in oirchill na maidne, ba chorrach é a shuan agus ní éireodh lá arna mháireach nó go mbíodh sise sa mbaile ón siopa.

D'fheiceadh sí a hathair ag dul amach, de mhaol a mhainge, ar an mbóithrín roimh an gcomharsa, agus a phíopa ina ghlaic aige. D'fheiceadh sí a deartháracha ... Ní raibh aon duine dhá muintir féin, ná de mhuintir a fir, a throiscfeadh nó 'go n-ársaíodh an mhaidin' ...

D'fhairsingigh a súile gloineacha ag scrúdú an Fhir Óig.

6

Deireannach tráthnóna aréir a shroich sé an teach. Bhí rudaí beaga le déanamh ag Nóra. Ansin tháinig Máire Jim. Istigh i gclúid Nóra a shuigh an Fear Óg agus ní fhéadfadh sí é a dhearcadh as an gclúid eile gan a ceann a chlaonadh.

Bhí sé sa teach cheana, uair nó dhó, ar cuairt. Ba bheag moill a rinne sé ceachtar de na cuarta sin. Cé an mhoill a dhéanfadh a mhacsamhail ina comhluadar féin agus Mhicil? Ní raibh sa mbia a réitigh sí dó, ná ina comhrá leis ar na hócáidí sin, ach mar d'fhéachfadh sí go fánach ón doras, in imeacht nóiméide, ar bhád seoil ag dul thart an cuan. Inniu an chéad uair di ag tabhairt a cheannaghaidh agus a chomhrá chun cruinnis ...

Dreach úr óg. Adhartáin ramharfhola ina ghruanna. Mailí dubha garbhrónacha. Leathar rosach buí: gné craicinn a athar ... ach an bhoirric a bhí i lagán a leicinn! An bhoirric bhuí roighin sin! An bhoirric ar fad! Ní raibh boirric i Micil ná in aon duine dhá mhuintir. Ní raibh sí inti féin, ina hathair ná ina máthair, in aon deirfiúr ná deartháir léi. Go cinnte ní raibh sí i mBríd – i máthair an Fhir Óig seo. Cá bhfaigheadh sí a leithéid ...?

Ach bhí an bhoirric bhuí chéanna san áit cheanann chéanna in athair an Fhir Óig – i bhfear Bhríde ...

7

Chonaic Micil an Fear Óg ag féachaint ar an mballa san áit a raibh an súí.

'Níl aon rath i do thuíodóir ort?' adúirt sé. 'Tá braon báisteach anuas orainn.'

'Dheamhan a bhfuil daorbhasctha dhom,' arsa an Fear Óg.

'Tá mé ag breathnú agus ag freastal ar thuíodóirí ó rugadh mé, ach dheamhan ar thóig mé le aon tuí a chur ina dhiaidh sin. Scriosfadh tuíodóirí thú ar an saol seo.'

'Scriosfadh .'

'Scriosfadh muis. Naoi scilleacha sa ló. Bhí píosa le cur ar an taobh ó dheas ansin anuraidh agam agus fuair mé Droighneánach na Tamhnaí thuas. Chaith sé dhá lá agam. Ó diabhal thiomanta a dhath ach trí stráca sa ló! Cuireann sé an-phointeáilte í, ach má chuireann féin ...'

'Má tá tuí agat,' adúirt an Fear Óg, 'ní cailm ar bith ormsa an oiread a chur duit agus a chalcfas an braon anuas ...'

'Go lige Dia do shláinte dhuit! Togha fir a bheadh i ndon a cur, dar ndóigh.'

'Tá chuile dhuine sa teach se'againne ina thuíodóir.'

'Is diabhlaí an rud é sin féin. Ní raibh ceo ar bith ach go gcuirfeadh an mhuintir se'againne díon ar chruach choirce. Suas go cíor an tí ní ghabhfainn, dá gcloisinn ceolta na bhFlaitheas thuas ann, go maithe Dia dhom é! Bhuailfeadh ré roilleagán sa gceann mé ...'

'Ghabhfainn go barr crann loinge gan aon chlóic.'

'Féach sin anois! Ní hionann tréithre do chuile dhuine. Diabhal a bhfaca mé aon duine de mhuintir Nóra anseo thuas ar theach ariamh, ach oiread.'

'Sin é a chuala mé ag mo mháthair. Is minic m'athair ag rá gurb éard adeireadh a athair-seisean – Réamonn Mór – gurb é féin an chéad duine dhá chine nach i mbád a rugadh. "Ar theach a rugadh mise," adeireadh sé. "Ar theach agus máiléad i mo láimh."'

Sciúr Nóra soithigh an bhleáin le uisce as an bhfiuchadh...

8

Shrathraigh Micil an t-asal.

'Cuirfidh mé cúig nó sé d'ualaigh aoiligh soir as láimh, ar an ngarraí sin thoir,' arsa seisean. 'Ní mé cá'il an dorú talún a bhí anseo, a Nóra? Ní foláir na boirdíní feamainne duibhe siúd a scaradh.'

'Scarfaidh mise í,' adúirt an Fear Óg.

'Go deimhin féin ní scarfaidh! Sách luath, a mhic ó, a bheas ort a dhul in adhastar an anró. Ar aon chor ní bheadh aineolaí i ndon iomrachaí a tharraingt amach ar an gcúl thoir. Tá mé féin dhá shaothrú le os cionn leathchéad bliain agus diabhal mé go dtéann áit na hiomaire agus na claise amú orm, ina dhiaidh sin ...'

Bhí móiréis i nglór Mhicil: móiréis go raibh tomhais aige a chinnfeadh ar an bhFear Óg a fhuascailt.

'Dar ndóigh, buailfidh mé faoi. Féadfaidh tú mé a chur ar an eolas. Céard tá orm ach an fheamainn a scaradh ina hiomrachaí?'

'Á, níl sé chomh réidh sin ag aineolaí sa ngarraí seo thoir. Tá go leor leachtaí ann agus ní foláir lorga chuile iomaire a bheith díreach glan san áit a mbíodh i gcónaí. Is fearr na híochtair a shocrú, agus caithfidh mé crúbáin a dhéanamh ag claise an tsrutha ...'

'Crúbáin?'

'Nach shin é anois é!' arsa Micil, go cathréimeach. 'Ní hé an té a rinne an bád a rinne an teach. Tá an ghliomadóireacht agatsa ach is é mo chompás-sa is fearr i nGarraí an Tí ...'

9

'Bail Dé ort!' arsa an Fear Óg, ag lúbadh a chinn isteach sa gcró a raibh Nóra ag bleán na mbeithíoch ann. 'Chuir Micil uaidh mé,' arsa seisean, go gealgháireach.

'Chuir sé uaidh thú!' adúirt sí, faoi iontas. Scaoil a seáilín agus chuaigh a chorr síos sa gcanna.

'Ní ligfeadh sé in aice cúl thoir an gharraí mé dhá mbeadh sé gan Earrach ar bith a dhéanamh i mbliana!'

Lig sé scairt gháire. Cheangail sise an seáilín aríst.

'Ó, sin é Micil i gcónaí,' adúirt sí. Díomuach a bhí a glór aríst, ach ba chaoine é ná tráth an bhricfasta. Bhí sult an Fhir Óig i ndiaidh cuid den ghéireadas a shnoíochan as.

'Bheadh Micil chomh coilgneach le eascann áil dhá ndrannadh aon duine eile leis an gcúl sin!'

Chuir a caint deiridh féin sua beag gáire isteach agus amach i roic a gnúise. Thug súil suas air le feiceáil an aithneodh sé gurbh ag déanamh aithrise a bhí sí ar iasc-chomhrá na hoíche aréir.

'B'fhéidir go bhféadfainn cúnamh eicínt a thabhairt duitse anseo,' adúirt an Fear Óg.

'Cé an cúnamh a d'fhéadfá a thabhairt dom?'

'Cúnamh beag ar bith, ó tá mé i mo chónaí. An bhfuil an bhó seo ar a sochar, bail ó Dhia uirthi?'

'An bhó bhuí ... Tá. Dhá mhí ó shoin a rug sí.'

'Níor bhligh tú fós í? ... An bhfuil aon tsoitheach eile agat?'

'Ag braith ar a dhul dhá bleán atá tú! Ní tháilfeadh sí do dhuine ar bith ach dom féin. Tá tú i ndon beithígh a bhleán?'

'Táim, i nDomhnach,' adúirt an Fear Óg, go réidh-chúiseach, gan an géireadas a bhí aríst ina glór a thabhairt faoi deara.

'Ní le do mháthair a chuaigh tú mar sin! Cuimhním fadó, nuair a bhí muid inár ngearrchailiú ar an mbaile seo taobh thoir, nach mbíodh fonn bleáin ar bith ar Bhríd, céad slán di!'

'Bíonn m'athair ag fonóid fúithi agus ag rá go gcaithfeadh sé gur beithígh sheasca uilig atá anseo. Is fearr é féin ná bean ar bith ag bleán.'

'Ba bheag an lua a bheadh ag an gceann atá anseo cromadh faoi aon bhó muis! Ní iarrfadh Micil ach ag réabadh talúna. Ba doicheallach an smut a chuirfeadh sé air féin leis an té a dhéanfadh bleán a shamhlú leis! Bhí m'athair féin – go ndéana Dia trócaire air! – amhlaidh. Agus mo thriúr dearthár ...'

10

Ar theacht ar ais do Nóra ó sheoladh na mbeithíoch bhí dhá láí nua ag an mbeirt fhear i lár an tí.

'Ró-éadrom,' a bhí Micil a rá le láí an Fhir Óig.

Bhí greim docht aige ar a feac idir a dhá láimh, ag deargadh an aeir go heolgach léi. Bhí an t-adhmad geal mínshnoite gan loinnir ar bith ina shnáth díreach. Ba roighne é, i gcosúlacht, ná an chruach ghlan fháilí a bhí dhá líochán ag an gcaolteanga íseal gréine thríd an doras.

'Ró-éadrom, cheapfainnse. Dhéanfadh sí cúis sa talamh atá siar agaibhse, ach ní foláir an meáchan anseo. Clocha agus talamh trom, a mhic ó ... Beannacht Dé dhuit! Ní bheidh leath a díol láin inti sa gcréafóig sprosach atá i nGarraí an Tí, anseo thoir! ... Tá an iomarca slise ar an bhfeac thíos ansin. Breathnaigh thú féin anois air! Cé a chuir isteach dhuit í?'

'Mé féin. An oíche sul ar tháinig mé aniar. B'fhusa í a iompar leis an bhfeac a bheith inti.'

'Is diabhlaí deaslámhach tú, bail ó Dhia ort! Chuirfinn féin feac i láí freisin, ach is pruisleach uaim. B'fhearr liom a fhágáil faoi Taimín, anseo thíos ... Anois, b'fhéidir! Siúil uait! Chugat, a gharraí!'

Chuaigh an bheirt amach, cléibhín síolta ar a ghualainn ag Micil agus a láí ina láimh eile.

Leag an Fear Óg a láí féin amuigh le claí, thug dhá nascán rothaíochta a bhí i nglas ina chéile aníos as a phóca, agus dheasaigh isteach íochtair a bhríste le nascán a chur ar gach aon chois. Chroch sé an láí ar a ghualainn ansin agus lean Micil ...

Choinnigh Nóra, ó ghiall istigh an dorais, súil seachantach ina dhiaidh ag dul amach an mhaolbhearna den tsráid dó agus soir Garraí an Tí ...

Chuir an rud a rinne sé mearú beag ar a súil. Dhá nascán a chur ina bhríste ag dul ag cur fhataí dó. Nascáin mar bhíodh ar an bpóilí ag cuartú gadhar! ...

Ba shin rud nach ndéanfadh aon duine thart anseo. Ní bhíodh seiríní le feiceáil ach ar lucht an tsléibhe agus, dar ndóigh, chaithfidís sin a gcosa a strachailt thrí na cíocraí.

Ba mhinic striochlán d'íochtar a bhríste dhá tharraingt i ndiaidh a choise ag Micil. Ach é a stialladh dhe a dhéanfadh ní ba thúisce ná a nascfadh sé é, mar a rinne an Fear Óg. B'fhéidir go gcuirfeadh sé faoi deara do Mhicil péire acu a fháil anois le haghaidh a bhríste féin! ...

11

Ba ansin a chuimhnigh sí nach ndearna sí aon urnaí mhaidne fós.

An bricfasta a chuir as a cuimhne é.

Dheasaigh an chathaoir anonn leis an mbord agus chuaigh ar a glúine, i bhfianaise an phictiúir a bhí crochta ar ghiall na fuinneoige, ar dheisiúr na gréine. I scálán misiúin, na blianta ó shoin, a cheannaigh sí é.

B'urnaíoch dúthrachtach í Nóra. Níor mhinic anois an seanstadam dhá bualadh: stadam na mblian úd arbh é iomlán a hurnaí an Paidrín Páirteach a fhreagairt do Mhicil san oíche. Aon tráth a mbuaileadh, sparradh sí a súile ar an bpictiúr:

An chrois sceirdiúil ar ghualainn an chnoic. Ná súile tlátha. An ceann caoin a raibh an bogha lóchrannda air agus é ar leathmhaing. Na práibeannaí fola ar áit na dtairní. An bhean a raibh an fhallaing luchtmhar uirthi ag bun an chrainn, ag féachaint suas ar a Mac agus fear an éadain riastraithe ag oscailt a Thaoibh leis an tsleigh ...

An chéad am a bhféachadh sí ar an bpictiúr éad agus aicís a bhuaileadh í: éad agus aicís leis an mbean a raibh a Mac ansin os a coinne, más dhÁ chéasadh féin a bhíothas ...

Bhláthaigh na cuibhrinn chlochacha sin dá hintinn tar éis tamaill ...

Ba shin í Muire Mhór. Bhí falach imní agus anshó faoi chiumhais scuabach a braite. Bhí leigheas gach dóláis sna súile tlátha, sa gceannaghaidh caoin agus sa mbogha lóchrannda. Ba íochshláinte gach péine an fhíonfhuil a bhí ar na tairní agus ar an tsleigh. Chuiridís dúthracht bhog na hurnaí ina croí spalptha agus ina súile sioctha gach tráth.

Ach inniu, ar fhéachaint suas ar an bpictiúr di, níor chruinnigh aon deor faoina súil. Ba é ar léar di adhartáin ramharfhola, mailí garbhrónacha, leathar rosach agus boirric ... Borric ar an bhfallaing; boirric ar rinn na sleighe; ar áit na dtairní; ar an gceann caoin; ar mhala an chnoic; ar sciathán na n-aingeal i bhfroighibh na spéire ...

'Sé do bheatha a Mhuire, atá lán de ghrásta. Tá an Tiarna leat. Is beannaithe thú thar na mná ...'

Sheadaigh Nóra an urnaí nóiméad eile. Ach níor ghar é. Cloch ní raibh ar a paidrín nach ina boirric a bhí ...

12

Chuaigh sí soir sa ngarraí.

Bhí an bheirt fhear ag obair leo: Micil ag rianú na n-iomrachaí, ag leagan an dorú, ag socrú na talún leis an láí, agus an Fear Óg ag scaradh na n-ualaigh feamainne duibhe a bhí giota ó chéile ar fud an chúil.

'Ní mheathfaidís iad féin siar againne ag baint fáisín carrach den chineál sin,' arsa an Fear Óg, ag slamadh dosán den fheamainn dó agus dhá chaitheamh anuas buille mífhoighdeach leis an dorú.

Dhírigh é féin agus thug aghaidh ó dheas ar an gcuan a bhí i bhfogas leathmhíle do láthair. D'fhéad na moláin aonraice, faoina ndlúthdhíon dorcha feamainne, a fheiceáil ag muscailt aníos as pluid shilteach na taoille trá. D'ainneoin an rabharta a bheith ag cúlú le cúpla lá ba léar, i bhfad amach, crága den chladach ag nochtadh – crága borba míchumtha amhail ginte a bheadh an talamh eascairdiúil a bhreith.

'Shílfeá gur chóir go mbeadh feamainn bhuacach ar an gcladach sin thíos.'

'Tá freisin,' arsa Micil, ag breathnú taobh an chladaigh é féin. 'Tá coill choirrlí amuigh ansin ar an gCarraig Bhuí, ach cé an mhaith sin nuair nach féidir a dhul ann de do chois.'

'Cé an mhaith sin!'

'Thiocfá ar an Scothach ansin thiar ar an rabharta, ach í a ligean le sruth agus gaoith a chaithfeá a dhéanamh. Tá sé ró-aistreánach ag capall ná asal go dtí í. Feamainn pháirteach í. Dá mbeadh fear den bhaile sásta a dhul dhá baint bheadh beirt nach mbeadh. Níor baineadh aon dosán dhi anois le fiche bliain.'

'Le fiche bliain!'

'Le fiche bliain muis. Níl an dream atá ann anois chomh fíriúil leis na seandaoine.'

'Is suarach an t-ionadh sibh a bheith gan leasú!'

'An roinn fheamainne duibhe is fearr ar an gcladach istigh is agamsa atá sí. Sin cuid di. Fás dhá bhliain. Níl aon fheamainn ar an gcladach anois mar bhíodh.'

'Nár dhúirt tú go raibh coill choirrlí –'

'Feamainn dubh, adeirim. Tá sí sceite ar fad. Smál eicínt...'

'Is diachta di nach sceithfeadh, más ag síorfheannadh na gcúpla cloch céanna a bhíos sibh! Nach mairg gan curach agam! Chuirfinn cruiteanna coirrlí uirthi! Cé an bhrí ach an speireadh a d'fhéadfadh duine a dhéanamh ar ghliomaigh!'

'Is dona na gnaithí a bheadh ort.'

'Is iad an nead iad is fiú a choilleadh, a mhic ó, agus iad ag dul ceathair fichead an doiséine!'

'Thóig mise gliomachín in áfach an lá faoi dheireadh agus mé ag baint na feamainne seo. M'anam gurb é a ithe a rinne mé féin agus Nóra.'

'Dhá mbeadh an churach agamsa níl aon lá ar feadh an tséasúir nach n-íosfadh sibh gliomach. Agus mangaigh, ronnaigh, troisc agus iasc mór sa ngeimhreadh ... Nach diabhlaí, áit i smaois na farraige mar seo, gan curach ar bith ann! ...'

Bhí meanga socúil i súil Mhicil, amhail is dá mba scéal greannmhar eicínt a bheadh dhá inseacht ag an bhFear Óg.

'I nDomhnach muis, níl curach ná bád ar na cheithre bhaile seo.'

'Fan go bhfeice mé ... Tá cúig ... sé ... hocht ... naoi gcinn ar an mbaile se'againne thiar.'

Shnámh naoi scáile dhorcha isteach go dtí an cúinne d'intinn Mhicil ina raibh madraí oilbhéasacha, easóga, tairbh agus saighdiúir ...

'Diabhal mo chois chlí ná dheas a chuir mé i gcurach ná i mbád ariamh,' arsa seisean. 'D'ordaigh Dia an anachain a sheachaint.'

'Nach bhfuil Dia ar an uisce chomh maith is atá Sé ar an talamh!'

'Tá mé ag breathnú ansin amuigh ar an bhfarraige sin le os cionn trí fichead bliain agus deirim leat, a dheartháir, gur bainríon fhiáin í! Mar bheadh gearrchaile socair ann in imeacht leathuaire! Ina cailleach chaoch aríst ar an toirt! Cantal eicínt! Cantal mná ...'

'Cé an dochar? Má bhíonn duine déanta uirthi –'

'Ní dochar do dhuine é féin a bháitheadh, b'fhéidir! ...'

'Má tá an t-imeacht ort imeoidh tú ar tír freisin. Is mó imíos ar tír ná ar toinn ...'

'Beannacht Dé dhuit! Nár báitheadh a raibh siar agaibhse ariamh! Lig do na curachaí, tá mise ag rá leat ...'

'B'fhearr liom ar an seas tosaigh inti ná an mótar is breátha dhar déanadh ariamh a bheith faoin gceathrú agam. Na leabharachaí a chloisteáil ag pléascadh faoi na fonsaí, le neart iomramha! An tslat bhoird a bheith cab ar chab leis an uisce! Do ghraidhp a bheith ag brúscadh na farraige agus an mhaidhm do do thuairteáil le fánaidh, mar hata i mbéal gaoithe móire! A dheartháir m'anama thú! Amach anseo ...'

'Ní sheo áit ar bith dhuit a bheith ag caint ar churachaí,' adúirt Nóra. 'Ní raibh Micil se'againne in aon churach ariamh. Ná mise. Ná m'athair ...'

13

'Hó! Foighid!' adúirt Micil leis an bhFear Óg. 'Crúbáin a chaithfeas a dhul ansin.'

'Níor chuala mé aon chaint ar na crúbáin thiar againn féin ariamh ...'

'Dar ndóigh, níor chuala! ... Spagáin bhréana d'fhataí muis a bheadh ar an lag fliuch sin, dhá bhfuireasa. Foighid anois! Ligfidh muid anuas go híochtar as taobh na hiomaire sin iad ... Mar seo ...'

Rianaigh Micil síos suas dó, lena chois agus le cipín an dorú, cé an chumraíocht a bheadh ar na crúbáin.

'Ó sea, chonaic mé aniar i ngarrantaí chois an bhóthair iad. Iomairíní beaga mar fhiacla i raca ...'

'Sin é an fáth ar iarr mé ar maidin ort gan a dhul ag tarraingt amach na n-iomrachaí,' adúirt Micil go sásta.

'An chéad uair eile a mbeidh an garraí seo dhá chur cuimhneoidh tú féin go gcaithfidh crúbáin a dhul anseo. Ní móide go mbeinnse sa gcomhaireamh ceann an uair sin. Ach beidh a fhios agat féin cé an chaoi lena ndéanamh, má fhaireann tú mise ...'

'An faoi uisce a bheith ag cónú ann atá tú ag déanamh na gcrúbáin seo?'

'Sea, cad eile?' arsa Micil, agus d'fhéach go truaíoch ar an bhFear Óg seo. 'Tá broinn mhór uisce anuas ar chlaise srutha an gharraí seo: uisce an bhaile se'againn féin agus riar d'uisce Bhaile an tSrutháin seo thoir freisin. Sceitheann sí sa ngeimhreadh.'

'An bhfuil a fhios agat céard a dhéanfainnse leis ...?'

Chuir an cheist sméidíl anshocair faoi shúile Mhicil.

'Líméir a dhéanamh.'

'Líméir?'

'Sea. Nuair a gheobhainn an garraí bán.'

'Beannacht Dé dhuit! Dhéanfadh na beithígh cis ar easair de do chuid líméar!'

'Leacracha a chur leo.'

'Chuirfeása leacracha leo!' Bhí scornach Mhicil ag snagadh le hiontas. 'Ag diomallú talúna a bheifeá. Talamh mhaith freisin ...'

'Ní dhiomallóinn ná fód. Scrathachaí a stuáil ina mullach aríst. Thiúrfadh Fear na bhFataí *grant* duit as a ucht. Fuair muid féin sa mbaile chúig phunt dhéag anuraidh.'

'A chonách sin oraibh muis! Tugann Fear Fataí na háite seo riar uaidh freisin don mhuintir sin siar. Ach diabhal a mbacann na bailteachaí seo anseo le rudaí den tsórt sin. Ag strachailleacht linn a bhíos muide mar a bhíomar ariamh ... Hó! Foighid anois! Loic do láimh ansin, nó go gcuire mé an dorú leis an mbord ...'

Bhí os cionn slaite de leiceann na hiomaire frámáilte le

caolchéibh fheamainne ag an bhFear Óg, gan an dorú a leagan léi chor ar bith ...

'An gcuireann tú dorú le chuile iomaire?'

'I nDomhnach, cuirim.'

'Féach a mbeadh d'fheamainn scartha agat, chomh uain is bhíos tú ag cur síos agus ag athrú an dorú sin! Ní dhéanfadh duine aonraic ach ag siúl ó bhall go posta chuile mhionóid...!'

'Agus céard a dhéanfása?'

Níorbh iontas anois le Micil an Fear Óg ag rá go ligfeadh sé curach ar snámh i gclaise an tsrutha, go gcuirfeadh díon ar na hiomrachaí fataí, nó go ngabhfadh ag gliomadóireacht sna leachtaí cloch ...

'An fheamainn a scaradh gan dorú ar bith. Cad eile? Is dírí a thiúrfainnse iomaire ná aon dorú. Bhí mé scathamh sna saighdiúir ...'

'Le hanam do mharbh, an raibh tú sna saighdiúir?' adúirt Micil.

Chuaigh dhá choiscéim i ndiaidh a chúil agus lig an dorú as a láimh.

'Shíl mé go raibh a fhios agat é. An bhfeiceann tú ...? Cocáil do shúil mar bheifeá ag dul ag caitheamh urchair.'

'Ag caitheamh urchair,' arsa Micil as a scornach shloigthe.

'Barr do láimhe a dhíriú uait ón tsúil go dtí claise an tsrutha. Leag do shúil ar mharc eile leath bealaigh síos ... An bord a thabhairt amach ar an gclochín biorach siúd thíos ... Seo! Déan thú féin anois é ...! Seas anseo ...'

'Uair eicínt eile,' adúirt Micil, ag druidim uaidh i leith Nóra a raibh a droim leo, agus í ag scaradh giota ó dheas uathu ar an íochtar. 'Fan go mbeidh Taimín ann agus Jim seo thiar ...'

Shiúil Micil síos suas le claise an tsrutha ag cornú agus ag sceitheadh an dorú dó.

'An dáiríre atá tú? Ní chuirfeása aon dorú leo?'

'Diabhal dorú a bhíos siar againne leath na gcuarta.'

'Siar agaibhse ...!'

Ba dona a cheil crústa gáireata a ghlóir laíon tarcaisneach na cainte ag Micil:

'Maidir libhse ru! Nár chuala mise fear aniar ag rá anseo uair go bhfuil an tír chomh feannta rite is gurb é an chaoi a sáitheann sibh na síolta i múirín móna istigh i seanbháid ...!'

'B'fhéidir nach gcreidfeá gur dhíol an mhuintir se'againne tonna go leith fataí anuraidh ...'

'Marach gur tú féin adeir liom é, dheamhan creidiúint. Nuair a bhí sé seo curtha go deireannach – sé bliana go ham seo – bhí hocht –'

'Chuirfinn mo rogha geall leat nár dhíol tusa tonna go leith as an ngarraí seo ariamh.'

'Beannacht Dé dhuit! An-gharraí é seo. Togha geadán talúna uilig atá agam. Féach an chréafóg dhúramháin sin! Nuair a bhí mise i d'aois-sa, bail ó Dhia agus ó Mhuire ort, b'aite le mo shúil í ná *lady* dhá bhreátha ...!'

'Ara nach bhfuil an talamh seo chomh spíonta le cíocha caillí, dhá chur ó hitheadh úll na haithne! Ar lagphortach a saothraíodh a bhí na fataí sin againne. Dheamhan sprae a chuaigh ariamh orthu! Bhí mé féin ag déanamh téarma sna saighdiúir. Ag iascach agus le gliomaigh a bhí Colm agus an seanbhuachaill ...'

'Sin é é. Leathchois ar muir agus leathchois ar tír a fhágas duine gan salann gan mil ina bhéal. Is furasta leis an talamh a dhul i léig, mara bhfaighe sé an chóir is dual dó. Níl aon lá sa mbliain nach bhfuil saint láimhe ar bith d'obair ar an ngabháltas seo agamsa.'

'Is cosúil é!'

Smaoiniú ar éisc a rinne Micil, ag féachaint dó ar an ngáire mór fairsing a leath aniar ar bhruacha béil an Fhir Óig...

'Cuirfidh mé mo rogha geall leat, a Mhicil, go mbeidh an oiread céanna de bharr an gharraí agat ar mo chaoi-sa.

Déarfadh m'athair i gcónaí go mbíonn arbhar díreach ar an ngrua cham.'

'Is mór an lán buinneachántacht chainte adeirtear, is mór sin,' arsa Micil, ar dhearg ball beag feirge ina ghrua, go ceann nóiméad an chloig.

'Níl sa dorú ach ag cur slaicht air, mar dhóigh dhe, i súile na gcomharsan. An barr an buachaill! Bíodh duine ag déanamh iomrachaí nó go gcuirfidh sé an garraí thar maoil leo! Sin é a déarfainnse ...'

Níor bhog gothadh bodhar balbh Mhicil.

'Fuirigh leat anois go bhfeice tú chomh díreach agus a thiocfas an iomaire seo amach gan dorú ná eile.'

D'áitigh an Fear Óg in athuair ag cumadh an bhoird go dícheallach.

'As ucht Dé!' adúirt Micil, tar éis dó a bheith meandar ag féachaint air. 'Nach shin í chomh cam í ... chomh cam le slat boird curaí!'

Bháigh cipín an dorú sa talamh ag claise an tsrutha. Ag luascadh agus ag tarraingt an dorú ina láimh dó, dheifrigh leis an gcipín eile a sháitheadh ag mullach na hiomaire. Shílfeadh duine gurbh é an preabán talúna a bhí ar tí teitheadh chun siúil agus gur le hadhastar a chur air a dheifrigh sé suas. Chuaigh an dorú i bhfastó i gclocha, i gcléibhín na síolta, i gcosa an mhadaidh agus i nascáin an Fhir Óig ...

'B'fhéidir gurb agatsa atá an ceart. B'fhéidir i nDomhnach ... Níl a fhios agam. Mar seo a rinne mise le leathchéad bliain é,' arsa seisean, ag filleadh dó ar ais leis an dorú a réiteach agus a ríochan. 'Mar seo a chonaic mé chuile dhuine ar na bailte dhá dhéanamh. Mar seo a níodh m'athair é. Agus mo sheanathair ...'

'Chuireadh an mhuintir se'againne freisin dorú leo i gcónaí ...'

Bhí béal Nóra chomh hamh le gáig idir an bheirt fhear.

14

Scaradar stiall mór den chúl faoin bhfeamainn. Chuadar ag scaradh an aoiligh ansin agus lig siad Nóra i mbun na sceallán.

'Déanfaidh dathín beag é,' adúirt Micil leis an bhFear Óg. 'Tá craiceann air agus é seanleasaithe ... Ná fág ina dhabaí mar sin é. Chuirfeá ag brúchtaíl le leasú é.'

Bhí cheithre iomaire faoi aoileach acu chomh uain is a bhí Nóra ag scaradh péire faoi shíolta.

Lig Micil é féin isteach ar leachta cloch agus fuair a phíopa. Ag teacht dó ó íochtar iomaire chuir an Fear Óg tosach a bhróige faoi chruinneoig chloiche agus thiomáin roimhe í aníos le talamh. Rug i gcúl a chiotóige ansin uirthi agus chuir de sheanurchar os cionn a ghualann í, anonn sa gclochar le claí.

As a dheasóig a chaitheadh Micil cloch le caora: as a dheasóig, ina cúrsa támhleisciúil ar feadh an aeir agus iomrallach i gcónaí. Níor mhór do Mhicil dorú le rud a bhualadh, a cheap Nóra. Ghreamaigh an chloch – mar bheadh sí ag fás inti – i nglaic an Fhir Óig. Bláth fola ba dual do ghéaga na Tíre Thiar ...

D'fheistigh an Fear Óg é féin le taobh Mhicil in éadan an leachta. Ba ansin a tharraing sé a phíopa – píopa ceannmhór a raibh fáinne airgid ar a lorga – aníos as a phóca.

Bhí a scian an-mhór freisin, fáinne buí ag bun a coise agus bior inti ab éigin dó a chrochadh, sul ar tháinig an lann leis.

Ghearr sé cion píopa den tobac d'aon scor agus spíon go broidiúil é lena ingne láidre. Choinnigh a ladhar fáiscthe anuas ar cheann an phíopa ina bhéal, amhail dá mba léar dó féin rud eicínt a bheadh ar tí é a sciobadh uaidh.

'An ghreim a gheobhas an chrúib sin ní go bog a scarfas sí léi,' adúirt Nóra, agus í ag breathnú i ndiaidh a leicinn air.

Má bhí airde sa bhfear eile thar Mhicil, ba de bharr droim agus ceann Mhicil a bheith cúbtha anuas faoin leachta é. Níor dhoiligh di gaileanna a fir féin a aithint: puthanna beaga liosta ag dualadh amach le talamh agus a gcinn ag déanamh coirníní in aghaidh gann-anáil an lae. Brúchtanna tiubha a bhí dá stolladh ag an bhfear eile as a phíopa ceannmhór. Nídís crága duánacha anuas ar dheatach Mhicil, dhá strachailt chucu suas san aer ...

Bhí tost cainte tar éis luí ar an mbeirt fhear ...

Chuimhnigh Nóra go tobann gur tús tuisceana é ...

Éadromán mór toite a bhí timpeall an leachta, ach bhí aer agus cré an Earraigh taobh amuigh chomh cumhra, chomh híon, le soitheach túise ...

Réiteach faoi láthair, b'fhéidir ...

Ach phléascfadh an t-éadromán luath nó mall ...

15

'Ciotach atá tusa, bail ó Dhia ort!' adúirt Micil leis an bhFear Óg, agus chuaigh anonn gur leag a bháinín ar chiumhais an chlochair. 'Deiseal atá mise. Deiseal a bhí chuile dhuine ariamh againn.'

'Deiseal. Cad eile?' adúirt Nóra go híseal, mar bheadh sí ag caint léi féin.

'Lagfadh an seanbhuachaill se'againne thú ag cur síos ar an uair a mb'éigin dó láí dheiseal a cheannach do mo mháthair ...'

Strachail dhe a chóta glas caorach agus theilg uaidh de thuairt anonn chun an chlochair é. Leis an díocas a bhí air ag dul i gcionn na láí níor thug faoi deara gur chaith sé anuas an báinín den chlochar. Ba í Nóra amháin a chonaic an giob beag dá mhainchille ag síneadh amach ó íochtar an chóta ag bun an chlochair ...

'Nuair nach mbíonn beirt ar aon deis anseo,' adúirt Micil, 'osclaíonn gach aon duine a chlaise féin.'

'Nuair a bhí mé féin agus an seanbhuachaill anuraidh ag cur na bhfataí sin adúirt mé leat, is é an chaoi a raibh chaon duine againn ag cur leath na claise isteach ...'

'Bíonn éascaíocht mhór ar an gcaoi sin ag an té a bhíos ar an gclaise osclaithe, thar is dhá gcuirfeadh chaon duine a chlaise féin isteach.'

'Cé an dochar? Fág tús na gclascannaí agamsa! Gabhfaidh mé ag scoilteadh.'

'Is caraid adéarfadh é. Cuirfidh muid ar ár rogha caoi iad. Ní ag coimhlint a bheas muid, ar aon nós. Tá an óige agatsa, bail ó Dhia ort, agus ní aireoidh do ghlaic na gága!'

D'aithin Nóra an ghail bheag dhíograiseach as glór Mhicil! Bhí an Fear Óg tar éis tír nua a sparradh anuas ar dhil-láthair a shaoil ...! B'fheasach di nár thús réitigh iomracha a fhódú mar sin i nGarraí an Tí ...

Bhí an gealgháire fillte ar chaint Mhicil aríst ar an toirt:

'Baic feasta, a bhuachaill!' arsa seisean, ag dul síos dó go dtí bun na hiomaire. 'Chugat anois b'fhéidir! ... Is gearr go bhféada muid a rá nach mbeidh le cur ach cuid acu!'

Chuaigh an dá láí ag sioscadh na talún in éindigh: Micil ar an bhfód le claí: an Fear Óg ar an leathbhord amuigh. D'éirigh dhá bhurla shreangacha aníos as craiceann roighin na talún leis na lánta. Níorbh fhada go raibh dhá fháithim dhorcha ag síneadh le naprún riastach na cré.

Modh cainte ag Nóra a rá gurbh 'ag réabadh talún' a bhíodh Micil. Shioscadh an spreab chomh cineálta is dá mba éard a bheadh sé a dhéanamh ag tabhairt lámh chúnta chun éirí d'othar iomhain. Duine ag cur barróige ar chom mná a shamhlófaí duit, le bheith ag féachaint air ag geantáil taobh na coise deise faoi chró na láí, agus dhá ligean féin amach ar a dheasóig chun an bord a ardú agus a iontú anuas. Ina chrois a sceanadh sé an taobh dearg den fhód.

Bhí an cor caoin ina láimh i gcionn na talúna seo. Ba chomaoin dó: bhí muintir Chéide dhá dheargadh le naoi nglúin.

B'fhíor dó ar maidin é. Ní raibh a dhóthain láin i láí an Fhir Óig. Ar nós uisce ag sruthladh de bhois maide rámha bhí an chréafóg ag sciorradh anuas di aríst sa gclaise. Theannadh sé an droim, thugadh an chos chlé chun cinn –

greim docht ag a chiotóig thíos ar an bhfeac – agus ó sháil go gualainn roighníodh a thaobh é féin i gcóir an fhobha. Ar an bhfód a bheith iontaithe aige ropadh sé an t-iarann thrína uachtar chomh fíochmhar is dá mba námhaid chloíte é i gcomhraic bheaignéad ...

Ag féachaint di ar dhromanna an bheirt fhear ag triall uirthi anuas chuimhnigh Nóra nárbh ar aon obair amháin a bhíodar ... ná a d'fhéadfaidís a bheith ...

Ní raibh cosúlacht ar bith le Micil ag an dromán cearnach, ná ag an gcúl cinn íseal a bhí ar scair anuas ar an slinneán. Orlach bacaird óna mháthair ní raibh thuas ar a chorp! Cré a athar – cré an bhádóra a phós a deirfiúr Bríd i Meireacá – a bhí siar agus aniar ann!

Bhí sé ag druidim léi anuas ar an mbord ba ghaire do láthair. Scinn súile Nóra dá dhromán, thar a leiceann, thar an iothlainn, nó gur thuirlingíodar mar éanacha tnáite, ar an gclaí idir an iothlainn agus Garraí an Locháin ó thuaidh ...

Théaltaigh sí siar go dtí maolbhearna Gharraí an Tí agus isteach ar an tsráid, gan féachaint níos mó ar an mbeirt a bhí ag créachtadh caoin-ucht na talún ...

16

Rinne sí cúpla sudóigín aráin le haghaidh an tae. Réitigh an dínnéar. Bhí scadáin aici agus bhain na cloigne díobh sul ar róst sí ar an tlú iad. I leaba iad a ligean ag ithe d'aon phláta amháin – mar ba bhéas léi féin agus Micil – thug pláta an duine dóibh. Leag ceann den dá mhéis mhóra chré a bhí ar bharr an drisiúir faoi na fataí, rud nach ndéanadh sí ach Lá Nollag.

A mearú intinne le cheithre lá anuas a thug di an saothar neamhriachtanach sin a chur uirthi féin. Ní fhéadfadh sí, aríst eile, a smaointe a shrianadh ó dhul siar go dtí an Oíche Déardaoin roimhe sin: ó dhul siar go dtí an dá phíopa tobac a stoll Micil i mbéal a chéile sa gclúid, i ndiaidh an Phaidrín Pháirtigh:

'Cé an chiall nach dtéann tú a chodladh, a Mhicil? Tá

ceart agat a bheith tuirseach tar éis an trá rabharta.'

'Tá mé tuirseach freisin. Tá mé tuirseach, an-tuirseach, ní ag ceasacht ar Dhia é, ní hea sin!'

'An rud ar bith atá ort, a Mhicil?'

'Muise ní hea, ach an oiread is a bhí i gcónaí, a Nóra, ach go bhfuil tuirse orm, go bhfuil sin ... Bhí mé le rud eicínt a rá leat, a Nóra ... Tá an bheirt againn anseo agus an aois ag teacht orainn. Tá an geadán talúna ag dul i léig agus is mór an scéal sin, mar sé an gabháltas is fearr ar an mbaile é ...'

'M'anam gur fíor dhuit sin, a Mhicil, gurb é.'

'Sé muis. Ba mhinic adúirt m'athair féin é, go ndéana Dia maith air! An uair a bhí sé ar leaba an bháis séard adúirt sé liom:

"Fágfaidh mé agat an geadán talúna, a Mhicil," adúirt sé. "Tusa an naoú glúin de na Céide ann. Níl a shárú ar an mbaile – ná ar an gceathrú, dhá n-abrainn é. Lig uait do bhean, a Mhicil. Lig uait do chapall, do bhó, do phéire bróg, do róipín láir agus do léine. Ach ná lig uait talamh Mhuintir Chéide, dhá mba le greim fiacal aníos as d'uaigh a choinneofá é."'

'Dúirt, a Mhicil?'

'Nár lige Dia go gcuirfinn bréag ar an té atá imithe, a Nóra ...! Dá bhfeiceadh sé na Garrantaí Gleannacha ag déanamh fiataíle cheal clascannaí a thógáil iontu! Nó an scuaine driseachaí atá ag cairiú amach ar Pháirc na Buaile. Agus, dar ndóigh, tá an lochán ... Féach an phislín shúí atá anuas ansin thall ...'

'Is fíor dhuit sin, a Mhicil.'

'Agus barr ar an mí-ádh, ní mórán misnigh atá agam féin bualadh faoi Earrach i mbliana, tar éis gur beag é ár ndíol curaíochta.'

'An bhfuil tú chomh dona sin, a Mhicil?'

'Táim agus nílim. Sin é an chaoi é, sé sin. Tá sracadh maith oibre ionam fós, ach shílfeá nach bhfuil an cumha céanna ar mo chnámha i ndiaidh na laí i mbliana, is a bhíodh roimhe seo ... Sé a bhfuil ann go dtiúrfainn cúnamh do dhuine eile.'

'Faigheadh muid fear pánnaí, a Mhicil. Tá an oiread againn is a íocfas é.'

'Ba deise an chaoi a d'fhágfadh collach muice ar gharraí ná na fir phánnaí sin! Agus scriosfaidís thú. Ba shaoire dhuit fataí a cheannacht ná Earrach a dhéanamh ar an gcuntar sin. Ach ní hiad na fataí féin is mó cás liom, a Nóra, ach an geadán talún a fuair allas naoi nglúin de Chéide len ól a bheith ina Gharlach Coileánach.'

'Ní bheadh a fhios ag duine cé an chaoi é, a Mhicil.'

'Bhuel, is é an rud a raibh mé ag cuimhniú air, a Nóra, mara ndéantar anois é, ní foláir dúinn é a dhéanamh faoi cheann cúpla bliain ...'

'Ní bheadh a fhios ag duine cé an chaoi é, a Mhicil.'

'Ní bheadh a fhios. Sin é é. Níl duine ar bith de Mhuintir Chéide in Éirinn lena fhágáil aige. Ní thiocfadh ceachtar den chuid atá i Meireacá abhaile. Chuaigh fios orthu cheana. Níl ann ach do dheirfiúr Bríd sa Tír Thiar. Céard adéarfá faoin bhfear óg de mhac atá aici?'

'Fear luath láidir é, ach ...'

'Cé an "Ach"?'

'Dheamhan "Ach" ar bith ...'

Maidin Dé hAoine fuair Mhicil marcaíocht ar leoraí go dtí an Tír Thiar agus thug suas a chuid talún do mhac deirfíre a mhná.

Faoi dhó nó trí – ar a shlí soir nó siar – a bhí an Fear Óg sa teach roimhe seo agus a chéas sé cúpla uair de tráthnóna Domhnaigh, le scáile scéaltach an tsaoil amuigh a ligean anuas ar a n-urlár ciúin.

Ní fhéadfadh sí faltanas ar bith a bheith aici don bhFear Óg seo a bheadh ar aon urlár léi as seo suas.

Fiche uair ón oíche Déardaoin, dúirt sí léi féin go mbeadh cion aintín aici air.

Ón oíche Déardaoin go hoíche Dé Domhnaigh bhí a scáile

ina shail mhóir ina súil.

I mbéal oíche aréir a tháinig sé agus thug bréidín den dorchadas isteach leis, ar urlár an tí ...

17

Tar éis an dinnéir, chuaigh sí ag cóiriú na leapachaí.

Ar a dhul isteach sa seomra thiar di lonnaigh a súil láithreach ar éadaigh Domhnaigh an Fhir Óig, ar shlinneán na cathaoireach. Ba mhaith feiceálach a d'fhág sé iad! Thiúrfadh sé le fios go raibh sé ann, ar chaoi ar bith!

Agus an filleadh slachtmar a bhí aige orthu! Ba bheag lá nach gcaitheadh sí 'straic' a thabhairt ar Mhicil. Níor mhiste leis cá gcaithfeadh sé a chuid éadaigh. Ach d'fhaigheadh sé le casadh léi é! Ba mhinic a cuid féin ar mhaoilscríb freisin ...

Cá raibh an eitre dhomhain a d'fhágadh Micil ar áit a chloiginn? ... Ní bheadh a fhios ag duine gur codlaíodh ar an gceannadhairt seo ariamh! Ceannadhairt ag bádóir! ... Cúl cinn íseal ar scair ar an slinneán! ... Le codladh ar chláir! ... Codladh bíogúil nach liocfadh aon adhairt! ... Ach an oiread is a liocas báitheadh an fharraige! ...

Ní raibh a fhios ag Nóra cé an chaoi ar tharla an t-éadach leapan sa gcruth a raibh sé! – in aon dromainn fhada stáidiúil amháin ar nós brachlainn sa gCaoláire ar uair ropach. Níor chall di a dhéanamh ach a bhfilleadh anuas aríst agus bhí an leaba chomh slíoctha le muir théigle! ...

Bhí ar thob an seomra a fhágáil nuair a chonaic sí, brúite síos ar chúla an scátháin, póca beag páipéir de chineál nár chuimhneach léi a fheiceáil cheana ariamh.

Rug air agus chraith é. Thit cúpla pictiúr amach as. Ba bhád mór ceann acu agus í feistithe i gcaladh. Bád mór a athar.

Teach a bhí i gceann eile. Iasc dhá thriomú ar an gceann tuí. Maidí rámha buailte suas ina aghaidh. Moing bhreac ag síneadh siar ar a chúl go dtí cnoc clochach ceo-bháite. Teach a athar ...

Bean. Bean óg. A tóin agus a droim siar aisti mar dhuán. Í ag dradgháirí.

Chuir Nóra an pictiúr sin suas faoin solas ... Mar sin a gháirfeadh eascann concair! Bean cheannasach ... Bean gan boige-shíne ar bith ... Bean ón Tír Thiar ...

Bhí pictiúr eile ann fós. An bhean chéanna – agus fear. Mailí dubha ... Ba é an Fear Óg é! Agus a dheasóg aniar faoi ascaill na mná! ...

Ba shin é an chaoi a raibh sé anois! Bhí an fear seo mór le cailín den Tír Thiar! B'ise an t-aon úll gáireach ar a chrann! Ní bheadh sé sásta cleamhnas a dhéanamh leis an gcailín ab áin léi féin agus le Micil: Máire Jim, Jude Taimín, nó duine aitheantais eicínt eile ...!

Bhéarfadh sé isteach dá mbuíochas, ar an urlár acu, éan cuideáin as an Tír Thiar! Bean a thóigfeadh cuain strainséaraí ar an urlár. Gadhar de bhean a stróicfeadh í féin agus Micil ...

Bhuail Nóra na pictiúirí anuas faoin bhfuinneoig ...

18

Chuir sí di a saothar glantacháin as an ngoradh sin.

D'fhéadfadh sí anois dul ag freastal i nGarraí an Tí.

Chonaic uaithi soir ón tsráid go raibh an cúl fódaithe, go dtí ucht an chnocáin, ag an mbeirt fhear ...

Bhí a súil chomh so-ghluaiste anois is a bhí roimh an dinnéar, is a bhí le cheithre lá. An nóiméad a ghluais Micil chun na Tíre Thiar ghluais súile Nóra taobh ó thuaidh den iothlainn agus thaithíodar ann, oiread is a thaitheodh éan áit a nide ... An chomhraic sin le cheithre lá ag iarraidh na cosa a shrianadh ó na súile a leanúint! Agus an chaoi ar chinn uirthi aréir ...!

B'fhéidir do Mhicil anois, anoir as an ngarraí, í a fheiceáil ag cónú ansin ag maolbhearna na sráide ... D'fhill isteach chun an tí. Ghabhfadh sí ag gearradh síolta ...

Ag imeacht abhaile do Mháire Jim aréir thíolac sí suas í

go ceann na hiothlann. Ní bhfaigheadh sí inti féin filleadh láithreach chun an tí tar éis Máire a ligean ar siúl. Isteach san iothlainn a thug sí aghaidh agus soir ó thuaidh, le claí Gharraí an Locháin. Scáilí croma na híseal-ghealaí, dhá sceitheadh dhe suas i nGarraí an Locháin ag claí ard na hiothlann, a thug di gan mórán moille a dhéanamh san áit sin. Sin agus eagla go dtiocfadh Micil ar a tóir ...

Dá dtéadh sí soir chuig an mbeirt fhear anois, ar an gcnocán a bheadh sí ag obair. Bhraithfeadh Micil a súil ag guairdeall anoir i leith na háite a raibh sí aréir ... Bhí an cnocán sin ina thoircheas mór cruaidh aníos ar imleacán an gharraí. B'airde é ná na claíocha thart timpeall. Bhí amharc uaidh ar an iothlainn fré chéile, ar chuid de Gharraí an Locháin agus ar chuid den chlaí a bhí ag dealú Gharraí an Locháin óna baile dúchais, Baile an tSrutháin, taobh thoir ...

Garraí an Locháin. An claí tórann. An leachtáinín cloch ...

B'fhearr fuiríocht ag gearradh na bhfataí síl ... Leanfadh na cosa na súile dá buíochas ... Agus de bhuíochas Mhicil.

19

Tháinig Micil isteach.

Dhearg an píopa.

'Mhúch an splanc orainn,' adúirt sé. 'Caithfidh mé fód coise a thabhairt liom.'

Dhearc Nóra idir an dá shúil air. Chruinnigh a miongháire ar a chéile dhá phainéal dá leiceann. Ach níor dhúirt sí aon rud.

'Tá do dhóthain síolta ansin go ceann cheithre lá fós, a Nóra. Dá bhféadthá a dhul soir agus riar acu a scaradh dhúinn ...'

'Ní mór an gearradh freisin agus beirt agaibh ann anois,' adúirt sise, go neamhspleodarach.

Thóig a fear a aghaidh di. D'fhéach faoi agus thairis go místuama. Ansin sháinnigh lena shúile í:

'An-fhear oibre an Fear Óg, a Nóra. An togha! Diabhal

bréag! Tá luas lámh ann ar aon chor!'

'Fear a bhí ag iarraidh iomrachaí a tharraingt amach gan dorú!'

'Bhuel, níl sé chomh pointeáilte le duine eile. An láí is mó atá dhá dhéanamh. Níl a dóthain láin inti, rud adúirt mé leis. Dar ndóigh, ní hé an bealach céanna oibre atá aige is atá sna bólaí seo. Deir siad nach lia tír ná gnás. Tiocfaidh sé isteach ar fhaisean na háite seo. Rud amháin ar chaoi ar bith: ní ligfidh sé an geadán talúna i léig ...'

Thóig Micil sceallán as an gcliabh, bhreathnaigh air, chuimil sceabha dá chiumhais le pont a mhéire ...

Níor dhúirt sise aon ní ach theilg 'sclamhaire' sa gcliabh...

'Deir sé liom freisin go ngearrfaidh sé glac shíolta tráthnóna,' adúirt Micil, ag gabháil an fhocail aríst. 'Ara, diabhal call a bheas duit mogall a dhéanamh feasta, a Nóra!'

Chaith sí 'sclamhaire' eile sa gcliabh.

'Agus is caoladóir agus spealadóir é. Ní bheidh muid i dtuilleamaí Taimín feasta faoi chúpla cliabh a dhéanamh agus scrios Seán Thomáis mé anuraidh ag baint an fhéir sin thíos ag an gCladach ... Ní raibh súil ar bith sa sceallán sin a chuir tú i gcléibhín na síolta anois, a Nóra!'

'Fágfaidh muid faoi siúd iad mar sin, ó tharla nach bhfuil ceachtar againn féin i ndon a ngearradh, a Mhicil!'

Leag an mhiodach scine uaithi ar íochtar an drisiúir agus shuigh sa gclúid:

'Tá an-scian aige lena ngearradh freisin.'

'Scian fharraige í sin. Bíonn a leithéid ag chuile ghliomadóir.'

'Mara sáithe sé thú léi! Bhí sé sna saighdiúir, a Mhicil!'

'Nach hiomaí duine leis a bhí iontu!'

'Tiúrfaidh sé bean as an Tír Thiar isteach ar d'urlár ...'

'Ara, go gcuire Dia an t-ádh ort!'

'Maróidh sé le cloich thú! Tá buille feille na Tíre Thiar ina láimh ...!'

'Ara, bíodh unsa céille i do cheann!'

'Cuirfidh sé faoi deara dhuit a dhul amach i gcurach, nó go mbáitear thú ...'

'Óra muise, beannacht Dé dhuit, a bhean! Meas tú an ngabhfainnse in aon churach dó? Agus ní iarrfaidh an fear croí orm é! Dheamhan neach as broinn is feiliúnaí ná é siúd. Cé an fáth faltanais atá agat dó, a Nóra? Ní fheicimse aon cheo ar an ngearrbhodach ...'

'Ach, a Mhicil ...'

'Cé an "Ach".'

'An bhoirric!'

'An bhoirric?'

'An bhoirric atá ar a leiceann!'

'Cé an neart atá aigesean ar an mboirric? Dia a chuir air í.'

'Ní hÉ Dia, a Mhicil, ach a athair. Lena athair agus le muintir a athar atá sé ag dul, chuile dhual agus giob dhe.'

'M'anam nach náireach dó – bail ó Dhia ar an bhfear! – cé leis a bhfuil sé ag dul – gur hait an fear oibre é. An togha! Tá luas lámh ann ... Seo corraigh leat, a Nóra, agus siúil soir sa ngarraí ...!'

Chuaigh an bheirt amach chomh fada le tóin an tí.

'Níl aon bhaol oraibh a bheith críochnaithe ar an gcnocán?'

'Cá bhfaigheadh muid é, ag priocadóireacht sa gcoiléar siúd? Deireadh m'athair – go ndéana Dia trócaire air! – gurbh é spaga Chonáin é. "Cnocán chúl Thoir Gharraí an Tí," adeireadh sé, "a chuir gága ar na Céide." B'fhíor dhó. Dar ndóigh, siúd é a raibh a fhios aige é! Ba cheart go mbeadh fóidín againn air tráthnóna, dá dtéitheása soir ...'

Ní raibh ó thuaidh san iothlainn ach an somadán féir – fuíoll fliuch, giobach, deireoil an gheimhridh ... Chlaon Micil a cheann.

'An cnocán. Tá sé chomh roighin le seanmhúille. Dúirt m'athair féin é. Lá go fuin ina gcuid allais a chomhaireadh sé do bheirt fhear maith láí, le bheith síos thar an gcnocán sin...'

Rinne a shruth cainte anshocracht a ghlóir ní ba léire ... 'Dheamhan a fhios agam ina dhiaidh sin nárbh fhearr duit tuilleadh síolta a ghearradh. Ní i bhfad a bheas beirt dhá gcur. An-fhear láí é siúd ...'

Sciorr sé ag dul soir an maolbhearna agus thit an fód as a ladhair. D'fhág sé ansin é. Bhí sé as ...

20

Bhí rud eicínt ar an teach: an teach ar tóigeadh naoi nglúin de Mhuintir Chéide faoina chaolachaí: an teach inar tháinig sí féin de Cháthanaigh an bhaile taobh thoir: an teach nár baineadh ionga as a mhúnla ó theacht di in aontíos le Micil ann, deich mbliana fichead ó shoin – níorbh fhéidir a chreidiúint gurbh é an teach seo é.

Bhí rud eicínt ar an teach inniu ...

Leag Nóra lámh ar an gcathaoir, ar an mbord, ar an drisiúr agus ar an gcíléar ... Bhreathnaigh suas sna fraghachaí. Chuir an cat den teallach agus dhíbir an gadhar chun na sráide ...

Bhí rudaí ar siúl ann nach ndearna Cáthanaigh ná Céide ariamh:

Curach ag bordáil sa gcíléar agus Micil ag iomramh inti. Micil ag tuíodóireacht ar an drisiúr. Micil ag spealadóireacht ar an mbord. Micil ag tarraingt amach iomrachaí gan aon dorú sa ngríosach ...

Bhí ollphéist iollúibeach na 'gCuigéil' dhá snadhmadh féin ar an maide mullaigh. Bhí smut conúil géarfhiaclach na 'Rosa' ag diúl an tsúí den bhalla ...

As an 'gcréalaigh' a d'éirigh an cat. 'Idir an t-aighre agus an tanaí' adúirt a shíon agus é ag teitheadh treasna na tine óna bróig ...

Níor aithin sí an madadh a bhí sínte ar an urlár. Madadh é a raibh malaí dubha air agus ... boirric ...

Ba teach strainséara é ...

I dteach strainséara a chuir sí a bróga agus a seáilín craobhach uirthi ar maidin. As teach strainséara a chuir sí an luaith roimh a bricfasta. I dteach strainséara a bhain sí na cloigne de na scadáin, a leag sí anuas cupán, sásar, uibheagán agus mias chré. Ní i dteach Cáthanach ná Chéide a rinneadh na rudaí sin. Ní do Cháthanaigh ná do Chéide, ná do chlainn Cháthanach ná Chéideach a déanfaí iad ...

Ní ghabhfadh a clannse chun an phortaigh ar céalacan ... I muigíní a thiúrfadh sí a gcuid tae dóibh ... Scaoilte a bheadh íochtar a mbríste agus iad ag dul sa ngarraí ... Ag siodmhagadh a thosóidís dá samhlaítí leo síolta a ghearradh, ná beithígh a bhleán ... Ní bheidís ina gcaoladóirí ... B'fhuath leo curachaí ...

Ba é an rud deiridh a smaoineoidís air iomrachaí a dhéanamh gan dorú ...

Ní bheadh uirthi a bheith go síoraí san airdeall ar a láimh agus ar a teanga. Aon mhaoilscríb ná míchuíúlacht dá raibh inti féin, ba iad a bheadh i láimh agus i dteanga a clainne. Thoghfadh sí bean aitheantais ina mbeadh an mhaoilscríb agus an mhíchuíúlacht fháilí chéanna do Mhicil Óg. Agus d'fheicfeadh sí, roimh a bás, an dara Micil Óg sa teach ...

Ach ní fheicfeadh. Ní fheicfeadh sí ann ach clann bádóra as an Tír Thiar ...

21

Shuigh fúithi arís ag scoilteadh sceallán. Chuimil a ladhar cúpla uair suas agus anuas dá baithis chlé. An smeacháil chéanna a bhí inti a choinnigh ina dúiseacht í an oíche roimhe sin. Ní raibh sí ag féachaint leis na glóra rúnda faoina blaoisc a dhiúltú feasta. Sórt sámhais a bhíodar a chur uirthi anois – sámhas dorcha mar scréach na smólaí, glogar an tsíol fraganna agus scáilí croma na híseal-ghealaí i nGarraí an Locháin aréir ...

Garraí an Locháin. Leachtáinín cloch. Scáilí ...

Cúigear acu a bhí ann. Micil Óg, Nóirín, Pádraig, Colm, Peige ...

Micil Óg. Ba é mo chéad lao é, agus an duine ba mhó a shaothraigh mé díobh fré chéile. Oíche Fhéile Micil a bhí inti thar oícheanta an domhain. D'airigh mé alt ar chroí. Facthas dom gurb é an greim de choileach a d'ith mé a rinne orm é ... Ba é Pádraig a rugadh sa Márta. Bhí Garraí an Tí curtha an bhliain sin. Cuimhním go maith gur ar an gcúl thoir a bhí Micil. Tar éis an dínnéir a bhí ann. Ba ar éigin Dé a shnámh mé go doras le glaoch air ... Ach céard sin orm? Ní san Earrach chor ar bith a rugadh Pádraig, ach amach faoin Nollaig. Ba é a bhí agam an tráth ar bhuail an arraing mé. Sin é an chaoi a bhfuil a fhios agam é. Arraing a bhí orm chun tosaigh ...

Bhí an smúit as a hintinn mhearaithe ag teacht amach thrí scannán éadrom a craicinn agus ag maolú géire na roc ina gnúis. Níorbh fhéidir léi a n-idirdhealú. I gcónaí as a dheireadh bhíodh uirthi iad a ainmniú, do réir mar ab áil léi iad a theacht ar an saol ... Micil Óg, Nóirín, Pádraig ...

Spéacláire briste dall a bhí sa méid sin inniu ...

Cá raibh a fhios aici cé acu ba pháistí mná nó ba pháistí fir ...? Nó ar pháiste fir chor ar bith an chéad duine ...?

Ba dalladh mullóg é Micil Óg, Nóirín, Pádraig ... Bréag a bhí ann ó thús go deireadh: a cuid tnúthán dhá ngléas féin suas ina ndúile beo lena dalladh ...

Marbh a rugadh iad. Marbh a rugadh an cúigear. An duine féin níor rugadh beo.

Dhá bhfeiceadh sí beo iad! Mura mbeadh ann ach ar feadh sméideadh a súl! Scread naíonda amháin a chloisteáil faoin bpluideoig! Na carbaid mhaola a mhothú uair amháin féin ar a cích! Naíonán a dheornadh lena croí – a dheornadh ina théagar te beo-cholla – roimh a bhás!

Níor chuala, níor mhothaigh, ná níor dheorn ...

Mar bhaill mhífholláine, mar chuid ghuaisiúil di féin a sceitheadh aisti iad: sa gcruth chéanna ar sceitheadh aisti san ospidéal an cnapán domlais a raibh sí i gcontúirt a báis uaidh. Cnapáin domlais ...

Maireachtáil dóibh go mbeidís suas ina bhfir agus ina mná. Mailí ganna, droim ghleannach agus muineál seang a fir a fheiceáil sna buachaillí. Caolmhéara bioracha agus fionnfholt a máthar féin a fheiceáil sna gearrchailiú. Aghaidh gheal Mhicil, a chaint thíriúil, a mhéin réidhchúiseach ... Maireachtáil. Maireachtáil bliain. Seachtain. Lá. Nó ala an chloig féin ...

Bheadh só an chaointe aici ina ndiaidh. D'fhéadfadh sí labhairt gan scáth gan náire ina n-ainm orthu. Níor tháir di ansin paidir a chur lena n-anam. Níor choimhthíos léi dreas cainte a dhéanamh fúthu le mná na gcomharsan ...

Nár mhéanar do Chite Thomáis agus do Cháit agus do Mhuiréad é! Bhásaigh a gcuid clainne. Ach chonaiceadar iad. Phógadar a mbéal. Bheadh a gcuimhne ar bheo a leanbh ina grianán fáilí i ndíthreabh a ndoilís go héag ...

Bhí ga gréine feactha anuas le giall na fuinneoige ...

Nár mhéanar do Mhuire Mhór é! Bhíothas ag céasadh a Mic ar an gCrois. Ach d'fhéad sí É a fheiceáil. Agus d'fheicfeadh aríst ...

Ba mhór le Nóra dóibh fré chéile. Ba shin é an fáth a raibh drogall uirthi a dhul ar cuairt ariamh go dtí a deirfiúr Bríd, don Tír Thiar. Bhí clann bheo ag Bríd ina timpeall. Agus ní iarrfadh sí choíchin ach ag caint faoin gcuid a bhásaigh ...

Ní raibh gair ag Nóra ainm clainne a thabhairt ar a cuid ginte. Ba leisce léi labhairt orthu duth ná dath. Goshnáthanna smalta ...

Bhí teir orthu abhus. Bhí teir orthu thall. Níl uair dá gcaintíodh Cite Thomáis ar na naíonáin léi a d'éag nach n-abraíodh go mbeidís roimpi ar uair a báis agus a choinneal féin i láimh gach duine, ag soilsiú a slí chun na glóire. Bheadh gach naí beag le Cáit 'ina aingeal chomh geal le scilling,' ag fógairt 'a mháithrín, a mháithrín' roimpi, ag doras na bhFlaitheas ...

A bheith róshalach le slánú: róghlan le damnú ... Dia a

bheith doicheallach gan a bheith feargach ... Cuilínigh clamhacha na síoraíochta ... Ar an stoc ronna nach raibh Dia ná an diabhal ag éiliú seilbhe air a bhíodar – 'in áit dorcha gan aon phian.'

Pé ar bith cá ngabhfadh sise ní ina dteanntasan é ...

A bheith scartha thall ... Ach a gcual crésan a bheith i gcuideacht a crése faoi dheireadh agus faoi dheoidh ...!

Sin féin ní bheadh amhlaidh. In úir choisrigthe Chill an Aird a bhí súil aicise a cur. Sa gclaí tórann idir Baile Chéide agus Baile an tSrutháin a cuireadh iadsan ... a cuireadh iad i mboscaí réidh-dhéanta ... a cuireadh iad go rúnmhar de shiúl oíche, gan d'fhianaise ar a n-adhlacadh ach na réalta ... Réalta neamhbháidhiúla nimhe nár shil deor ariamh ...

22

A ladhar a chuimilt go héadrom suas dá baithis aríst mar bheadh sí ag muirniú loit ...

Chúig thoircheas, chúig othras, chúig luí seoil dhiana, chúig dhíomua chéasta ...

Díomua ... Dóchas ... A bheith ar feadh na mblian sin ar mhaide cor caimín ó dhíomua go dóchas agus ó dhóchas go díomua ...

A géarghuais báis ar an gcúigiú hothras ... An dochtúr dhá rá gurbh shin í a gin deiridh ...

Cluas bhodhar Dé ... Doicheall Mhicil:

'Síos ansin ... Siar ansin ... Suas ansiúd suas ... Caith as do cheann iad ar son Dé ...'

Doicheall sin Mhicil nach dtiúrfadh aon tuairisc bharrainneach di cár adhlac sé iad, an tsine ba ghoirte ar fad i slabhra pianmhar a cuimhní ...

D'fhanfadh an oíche a bhfuair sí an chéad léarachan ar rún Mhicil ina bronntanas soilseach ina cuimhne go deo. Níorbh fhada i ndiaidh a luí deiridh é. Í amuigh ar an tsráid, soir ón doras oscailte, as éisteacht le bog-ghlagaíl an chuain.

Sagart na féasóige as Baile Átha Cliath istigh ag scríobh seanchainteanna Mhicil, mar ba ghnáthach leis gach oíche, ó theacht ar a chuairt san áit dó ...

'Ceist amháin eile sul a n-imí mé, a Mhicil ...'

D'aon iarraidh bhí cluasa Nóra scoite ó ghlagaíl an Chaoláire agus iad sínte, mar dhá ghadhar bhíogacha a bhalódh cnáimh, leath slí isteach an chomhla ...

'Cé an sort áit a gcuirfeadh sibh naíonáin gan baisteadh sna bólaí seo? ...'

Nár nuacha Dia dhó, má ba sagart féin é! Ceist den tsórt sin a chur ar aon duine! ...

Trí huaire a bhí ar Mhicil labhairt, le gur fhéad an sagart na focla a réiteach as bindealáin chrosta a ghutha shlóchtaigh ...

'Sa gclaí tórann ... Idir dhá bhaile ... Mar adúirt tú ... Idir dhá bhaile fearainn ...'

Claí tórann! ...

Chuala Nóra ariamh gurbh ann. Bhí a fhios aici ó Chite, ó Cháit agus ó Mhuiréad cár cuireadh naíonáin neamh-bhaistthe eile a rugadh ar an dá bhaile ariamh anuas. Ach níor smaoinigh go dtí sin gur sa gclaí tórann a bheadh a cuid féin. Adhlacain aduaine a shamhlaíodh sí leo i gcónaí:

Na caoráin riasca i mullach an bhaile a mbíodh na huain ag méileach orthu, tar éis a gcoiscthe faoi Lúnasa ... Bruacha na lochíní sléibhe gona gcuid giolcach, seimle, póicíní agus billeogaí báite: na lochíní a n-éiríodh lachain astu ar eilteoig bhanránach le torann coimhthíoch ar bith domhain san oíche ... Lúibinn claí breaclaigh a mbeadh na beithígh ar fascadh faoi agus óna gcloisfí le fochraí lae an gamhain úrcheannaithe ag brónghéimneach i ndiaidh na seanbhuaile ... Dumhach rite chois Caoláire ...

Níorbh ea, ámh. Ansin sa gclaí tórann idir Baile Chéide agus a baile dúchais féin a bhíodar ...

I mbéal an dorais ... B'fhéidir é ... Agus ar a cuid talún féin, b'fhéidir. I nGarraí an Locháin, b'fhéidir. Ba é an t-aon gharraí leo é a bhí ar aon tórainn le Baile an tSrutháin ...

Thug Nóra aniar maingín eile de na fataí síl a bhí faoin leaba ina seomra féin ...

Rinne a haghaidh gáire chomh cuasaithe leis an bhfata a bhí sí tar éis a scoilteadh. Ag cuimhniú a bhí sí ar an lá ar aistrigh Micil an leachta cloch as lár Gharraí an Locháin, go ndearna ar ais aríst í, in éadan an chlaí tórann, idir a gcuid talún féin agus cuid Churraoinigh Bhaile an tSrutháin. An saothar sin a phléasc crotal rúin Mhicil!

Níor thúisce di Micil a fheiceáil i mbun a shaothair ná a bhraith sí fios fátha an scéil. Gach adhlacan eile ar an dá bhaile dár luaigh na mná bhí leachtaí cloch os a gcionn. Bhíodh daoine i gcónaí ag carnú cloch i mullach na marbh ...

'Is ansin atá siad, a Mhicil! Sa gclaí tórann ...'

Thit an gruán cloiche a bhí idir a dhá láimh ó Mhicil.

'Téirigh isteach abhaile,' arsa seisean, a shúile dhá laghdú féin ina dhá gcuil shoilseacha ina cheann, 'agus ná bí ag ligean don Diabhal a bheith ag magadh fút, ar an gceird a bhfuil tú ... Bhí an leachta ag diomallú an gharraí ansin ina lár ... Deireadh m'athair gurbh é an preabán talamh féir ab fhearr ag gabháil leis é, marach an leachta agus an lochán. Triomóidh mé an lochán ach a bhfaighe mé ionú air ...'

Theangmhaigh an scian lena craiceann thrí íochtar an scoilteáin. Lean braoinín fola ag silt, amhail dá mba ag iarraidh a cuimhní a bhreacadh ar éadain bhána na síolta a bheadh a méar ...

Chuir leithscéalta ciotacha Mhicil faoin leachta fonn gáire uirthi, an lá úd a bhfuair sí amach rún an adhlacain ...

Cé a shílfeadh gur ansin i mbéal an dorais a bheidís? D'fhéadfadh sí cuairt a thabhairt orthu gach lá. Níl nóiméad dhá dtogródh sí nach mbeadh feiceáil aici ar a n-adhlacan. Bheannódh sí dóibh agus í ag dul chuig an tobar, ag níochán an éadaigh, nó ag bleán na mbeithíoch. Sruthlán gléigeal airgid bheo a bheadh iontu feasta thrí chlochar carrach a lae, thrí luainn liath a saoil.

Choinneodh sin cneá an bhróin ag síorshilt ina croí. Bhí

leac fhollasach faoina súil ar a bhféadfadh sí a brón a shilt. Céad uair sa ló thiocfadh léi a mheabhrú di féin gur mháthair í ...

23

Faoi seo bhí grian ardthráthnóna ina pláta dearg thiar aneas os cionn an Chaoláire: í ag scartadh isteach an doras oscailte agus an fhuinneog: slaod trom di anuas ar liathfholt Nóra ag an doras dúinte, mar bheadh sí ag iarraidh na gcuimhní a aipiú ina ceann, ar áis nó ar éigin ...

Cuimhní caoine Gharraí an Locháin ... Ar feadh na mblian, tar éis di rún Mhicil a bhraith, bhíodh an garraí sin ina mhóinéar, a chuid claíocha bioraithe, gan bealach bó ná duine ann a chuimleodh leis an leachta, ná a chorródh cloch ar a fuaid.

Ó na chéad bhlianta amach ba bheag a chuireadh Micil in aghaidh é a bheith aici fein. Ba léi féin an leachta sa gclaí tórann. Ba léi an bainne bó bleachtain a chuireadh a mhullach amach óna íochtar agus an buinneán de mhugóire a bhioraíodh aníos idir dhá chloich as. Ba léi ceiliúr na meantán agus na ngealbhan a dheisíodh iad féin ar a bharr. Níor lách tíriúil go dtí iad mar mheantáin agus mar ghealbhain ...!

Ba ghrian gheal i gcroí Nóra inniu smaoiniú ar na scaití a chéasadh sí i lúibinn an leachta sin chois an chlaí, ag cniteáil stoca do Mhicil nó ag fuáil beargúin di féin. Sin nó ligthe soir ar an leachta ag comhrá le muintir Churraoin sa ngarraí taobh thall – ag comhrá faoi aon rud, pé faid a thogair siadsan é. Ach formhór an ama is ina suí a bhíodh, ag breathnú uaithi agus ag éisteacht:

Ag éisteacht san Earrach le slapáil an tsíol fragannaí, ar chiumhais sheileastramach an locháin. Ag féachaint sa Samhradh ar chruimhe, ina seitheanna tirime aclaí, ag snámh suas go dtí barr dlaoi, nó ag éisteacht le luchain ag scinneadh sa bhféar, ó bhoinn na seanchruacha san iothlann taobh thíos. Sa bhFómhar d'fheiceadh sí gail ag éirí os cionn múnlach an locháin le brothall gréine, agus laethanta tirime geimhridh scamaill bhroghaiseacha ar spéir bhán.

Ba léi féin uilig iad, síol, cruimhe, luchain, gail agus scamaill. Duail ina sólás dorcha ba ea iad.

Leag Nóra uaithi, in imeacht nóiméide, an scian lena raibh sí ag gearradh na síolta ...

Ba doiligh léi a chreidiúint anois gur mhinic a ruaig sí aos óg an bhaile as Garraí an Locháin, áit ina mbíodh an-tóir acu a theacht le báid seileastram a chur ar snámh sa lochán. Ba mhór léi dá muintir a n-aoibhneas clainne.

Ach áthas a bhíodh uirthi a bhfeiceáil ansin ó fuair sí amach an t-adhlacan. Ina suí di chois an leachta ag an gclaí tórann thagadh a ngleo gáireata aniar chuici ón lag ar bhruach an locháin, le cloigíní geala a bhaint ina croí. Ba léi féin anois iad agus dá glór féin – glór bog tláth Mhuintir Fhíne – a labhródh sí leo feasta:

'A chlann ó, nach sibh atá ámhailleach! Má thaltaíonn sibh an féar, beidh Micil le cuthach.'

Ach a thúisce dóibh teacht ag foiléimneach chuici aniar – a leicne ina gcaor, puiteach an locháin ar a gcosa, gaise te an reatha as a mbéal – bheireadh an tsean-aicís ar Nóra aríst, ina scáile dubh smólta treasna a súl. Níor léi-se iad ...

Théaltaíodh sin, ámh, i ndiaidh ala an chloig:

'Níor tháinig mo Mhicil Óg aniar chugam fós ... I bhfalach bhíog ar chúla an chnocáin atá sé ... Agus tá Nóirín ag cur báid seileastram ar snámh sa lochán, adeir tú. Cár fhág tú Pádraig ná Colm ná Peige, a Jude Taimín ...? Gabh i leith, a Mháire Jim. Cé an aois thú ...? Deich mbliana caite. Is maith an mhéid atá ionat do d'aois, bail ó Dhia ort ...! Tá bliain agat ar Jude Taimín, adeir tú. Téigí ag spraoi anois, mar a dhéanfadh gearrchailiú maithe, agus ná ligí do mo Nóirínsa a beibe a mhilleadh thiar ansin sa lochán. Má thaltaíonn Micil Óg an féar abraigí leis go dtiúrfaidh a athair slat dó tráthnóna ... Comhaois í Máire Jim agus Micil Óg. Níl ag mo Nóirín ach mí ar Jude Taimín. Tá airde ag Nóirín thairsti. Le mo mháthair atá Nóirín ag dul. Bhí airde mhór i mo mháthair. Ach mara mbeidh sé suas ná anuas i Jude, beidh sé anonn agus anall inti. Tiachógaí suite mar sin a bhí i muintir Taimín ... Is deas nádúrach an dá chailín bheaga iad Jude Taimín agus Máire Jim. Amach anseo, faoina bheith slán dúinn, dhéanfadh ceachtar acu bean tí mhaith do Mhicil Óg ...'

24

Thit fata a bhí sí ar tí a scoilteadh as a láimh. Chuaigh ag roilleagán, i mbéal a chinn, go doras agus thar an tairsigh ídithe chun na sráide. Lean Nóra é ...

I súil sméideach na gréine fuair cúpla amharc ar chruach na lánta, ina bhfiacla líofa ag smalcadh na cré, agus ar ghail bheag dheannaigh ag éirí as cnocán púdarthirim Gharraí an Tí ...

Roimh shuí di in athuair ag an doras dúinte chas an stóilín, le go mbeadh a haghaidh amach ar an urlár. D'éirigh driog fhuaicht ina droim. Bhí an ghrian claonta siar as an doras agus as an bhfuinneoig, agus an t-urlár ballach le muileataí dúscáile arbh fhuarasta a shamhlú go raibh beatha dá gcuid féin iontu sa teach falamh ciúin ...

Ní dhearmadódh Nóra an t-uisce goirt – an imní, an phian, an peacadh – a bhí ag brúchtadh thrí chluanta geala na gcuimhní úd ar Gharraí an Locháin ...

An aos óg ag déanamh daoraí den leachta agus ag tógáil clocha as le haghaidh *Ducksey* ... Bualtraigh na mbeithíoch a bhíodh ar cimín ann sa ngeimhreadh agus go tús féir a chuimilt den leachta i ngan fhios ... An salachar goirt a chaitheadh na Curraoinigh anoir ar a bharr a thabhairt chun siúil i ngan fhios ... Seilmidí dubha a chur de sheanurchar thar an gclaí tórann ... Spigneantaí clúmhghránna a shatailt síos sa gcré agus a bheith sa leaba trí lá le déistean ina dhiaidh ... Micil ag gearán in imeacht an tSamhraidh faoi aos óg an bhaile a bheith ag taltú an fhéir i nGarraí an Locháin ... D'fhaigheadh Micil sásamh ag sclafairt ar an gcóir sin ...

Ba rímhaith ba chuimhneach léi a raibh d'imní uirthi, an

tráth a raibh brúisc den leachta tite, agus í ag tnúthán le faill a thógála i ngan fhios dá céile ...

Tháinig lá an-fhliuch.

'Gabhfaidh mé síos tigh Taimín go gcuire sé tosaigh ar na bróga dhom,' adúirt Micil.

I gceann tamaill, sciorr Nóra suas an iothlainn ar chúla na gcruach agus an choca féir. Bhí Micil, faoin tsín ropanta, ag tógáil an leachta ...

'Ar chuir tú tosaigh faoi na bróga?' arsa sise, ar fhilleadh chun an tí dó.

'Ní raibh aon cheap aige.'

'Tá tú báite go craiceann. Ba diachta dhuit an oiread sin báistí a fháil as seo go tigh Taimín ...'

D'fhéach Micil uirthi. Tháinig luisne ina leiceann. Ag ligean sileadh dó as corr a bhéil i luaith an teallaigh chrap a shúile ó Nóra ... Ach bhí ruibh oilc air aríst go ceann seachtaine.

Bhí údar ag Micil cuimhniú freisin ar an uair a bhí bóithrín an bhaile dhá dhéanamh. Airsean a bhí an milleán, nach bhfuireodh leathuair eile ag an teach nó go mbeadh meitheal an bhóthair scortha. Dhéanfadh a chuid fola leac mara dtéadh sé go huachtar an bhaile láithreach:

'Fág seo! Caithfidh cromnasca a dhul ar na cúpla caora sin. Tá an danrachán seo thíos ag ceann an bhóthair tar éis fuagra a thabhairt dom, anois ar an bpointe, iad a choinneáil dá chuid féin ...'

'Leathuair eile, a Mhicil.'

'Leathuair eile! Beidh sé dorcha ansin. Lá gearr ...'

'Ach ...'

'Cé an "Ach"? ...'

'Lucht an bhóthair.'

'Lucht an bhóthair? ...'

'An leachta,' arsa sise, nuair a d'éirigh léi an tsnag ina píobán a shárú. 'Ardóidh siad leo an leachta! Tá mé dhá faireadh ó dhoirteadar aníos linn anseo ... Theastódh na clocha atá inti uainn féin – nach dteastódh? – le haghaidh cró nua ...'

Níorbh fheasach di anois ná an uair sin cé an cineál solais a tháinig i súil Mhicil – fearg nó trua, nó ogach di féin gan dul go barr an bhaile. Bhí sé imithe ar an toirt agus na caoire cuibhrithe nasctha leis féin aige sul ar shroich sise an láthair.

Ar fhilleadh dóibh bhí an leachta imithe, grafchurtha ar cholainn an bhóthair, ar fud clocha bodhra na ngarrantaí faoi gcuairt ...

An oíche sin chuaigh sí amach ag féachaint ar an mbóthar faoi sholas na gealaí. Saothar in aisce. Níor theocha cloch ná a chéile sa gclochán amh sin ...

Ní raibh d'fhuílleach leachta Gharraí an Locháin ach sraith mionchloch ba dheireoil leis an lucht oibre a chnuasach ná a chur ar bharraí. Charnaigh Nóra ina leachtáinín nua iad agus b'amhlaidh dóibh go dtí an lá inniu, cuailín fuar uaigneach ar scáth an chlaí, mar shaoirseacht thite i gcúinne de sheanteampall ...

An rud ba léire léi ar fad anois – ina éan mór dúscáileach thrí chraiceann tanaí na mblian – ba é sost doicheallach Mhicil é: sost a a mhair go ceann tréimhse i ndiaidh an leachta a scuabadh ar siúl ...

Ní raibh gair ag Nóra a béal a oscailt, ámh.

Ba shin é a scrúdadh í ar fad. B'éigin di béal marbh a choinneáil uirthi féin go síoraí faoin leachta agus faoin gcúigear. Béal marbh le Micil – nó thagadh ruibh air. Béal marbh le Cite Thomáis, le Cáit agus le Muiréad. Béal marbh agus iadsan ag cur síos ar a gcuid clainne: ar an méid saoil a fuaireadar; ar an tsiocair bháis a bhí acu; ar an ngiollaíocht a thugadar dóibh; ar na blianta, na laethanta, agus an uair de ló a bhásaíodar; ar na cealla a raibh a n-adhlacain; ar an mbuaireadh a bhí ina ndiaidh orthu; ar an gcaoi a dtéidís chun na cille le paidreachaí a chur suas ar a son; ar a chinnte is chuiridís faoi bhrí na guidhe sa bPaidrín Páirteach gach oíche iad ...

Agus na rudaí adeireadh na mná le Nóra:

'Ghuidhfinn do do chuidsa freisin, a Nóra bhocht, ach ní dhéanfadh sé aon luaíocht dóibh. Deir siad nach bhfuil aon bhrí ag an urnaí a déantar ar son páiste ar bith nach mbíonn baistthe. In áit dhorcha gan aon phian a cuirtear iad. Go bhfóire Dia orainn! ...'

Bhí gach focal, gach siolla, gach béim ghutha ina n-easpaí reatha inti fós ... Thosaigh Nóra ag coinneáil ó na mná ar fad. Nár chonórach iad ag rá nach raibh aon mhaith a bheith ag guidhe ar a son!

B'iomaí uair – le linn di féin agus dá fear a bheith ina suí chois na tine, oícheantaí airneáin roimh an bpaidrín – a bhrúcht sé aníos go dtí an béal aici fiafraí dhe ar pheacadh é a bheith ag guidhe ar son a marbhnaíonán. Bhí Nóra cinnte go n-abródh sé nárbh ea. Ach ní abraíodh sé aon fhocal. Ba é sin mórán an t-aon rud a chuireadh fearg air – iad a lua os a chóir chor ar bith.

Deireadh gach duine nár ghar a bheith ag guidhe dóibh ...

D'fhuaraigh sí ina hurnaí. Níorbh fhada gur éirigh sí as an urnaí go hiomlán. Agus bhí sí na blianta amhlaidh: a laethanta mar scuaine de fhrámaí falamha pictiúr, a croí chomh tirim leis an taobh istigh de chnó. B'amhlaidh di nó go raibh an cnapán domlais dhá bhaint aisti san ospidéal, an uair a cheisnigh an sagart sa bhfaoistean í ...

Leag Nóra uaithi an scian agus chuir bos suas ar a ceann...

An crácamas ag iarraidh comhairle an tsagairt a chomhlíonadh ... caint na mban a ruaigeadh as a cloigeann ... an leachtán agus Garraí an Locháin a sheachaint fré chéile ...

Ó shoin anuas rinne sí a sárdhícheall. Ní théadh sí ó thuaidh san iothlainn ach an uair a chinneadh uirthi. Bioraíodh an claí an-ard san áit a mbíodh an chéim ag dul suas i nGarraí an Locháin as an iothlainn. Le cúl a chur ar aos óg an bhaile ó chomharsanacht an tí gheall Micil go dtriomódh sé an lochán – gealladh díograiseach neamh-chomhlíonta Mhuintir Chéide ó bhliain go bliain agus ó ghlúin go glúin. Thug sí faoi deara di féin a dhul ag iarraidh uisce ó dheas i dtobar Taimín, na héadaigh a níochán i sruthláinín na Buaile agus na beithígh a bhleán sa Tuar siar ón teach.

Bhí an poll duibheagáin ina croí ag dúnadh i leaba a chéile, ó shoin anuas ...

Ó shoin anuas chuireadh an urnaí suantraí síochána ag bogadh thrína croí agus caismeacht an dóchais ag ropadh ina hintinn ...

Ó shoin anuas go dtí inniu.

Ach inniu níor thuill ina hintinn ach boirric ollmhór. Ná ina croí ach carn beag cloch faoi scáth claí tórann ...

25

Inniu bhí a hintinn i ndiaidh pléascadh as an scaoilteoig theolaí ar chuach an sagart í agus i ndiaidh cromadh siar aríst ar chualach dóite a deich mbliana fichead sa teach seo ...

An bheirt fhear a thíocht isteach scortha as Garraí an Tí a strachail aniar í, faoi dheoidh, i gcruóig an tráthnóna Earraigh, a mheabhraigh di go raibh sé in am a dhul ag réiteach cuid beithíoch agus ag bleán.

Chuaigh Micil faoi dhéin na mbeithíoch. Shuigh an Fear Óg sa gclúid agus dhearg a phíopa ceannmhór. Bhraith Nóra aríst é ag féachaint ar an streoille súí leis an mballa ó thuaidh.

Ar a theacht isteach di i ndiaidh an bhleáin, fuair sí an gadhar ag lufáireacht leis an bhFear Óg. Bhí na cosa tosaigh thuas ar a ghlúine aige agus é ag iarraidh a dhul ag líochán a bhéil. D'fhógair sí go coilgneach air, i gcruth is gur thug an tsráid air féin.

'Nach beag de choimhthíos thú leis an strainséara?' arsa sise, amach ina dhiaidh.

Chuaigh sí le cuid an ghamhainín. Casadh Micil léi ag binn an tí agus an t-asal ar adhastar aige, lena chur sa gcró.

'Croch leat an strainséara ar cuairt,' adúirt sí leis.

'Fainic a gcloisfeadh sé thú!' arsa Micil. 'Cé an deabhac atá ort a bheith ag tabhairt strainséara ar mhac do dheirfíre?'

Ní dheachadar ar cuairt. Chuaigh an Fear Óg ag gearradh síolta agus bhí ina n-éadan nó nárbh fhéidir 'na súile' a fheiceáil iontu, i gcrónthitim oíche. Ansin d'iarr ceap agus casúr; d'fheistigh é féin ar cheann an stóil; leag coinneal ar an mbord lena ghualainn; agus thosaigh ag deasú péire seanbhróg le Micil.

Ina suí sa gclúid ag déanamh stoca a bhí Nóra. Bhí a súile gafa ag méaracht ghasta na mbiorán. Níor chroch iad nó gurbh éigin di an tine a charnú. Bhí an Fear Óg cromtha anuas os cionn na bróige, bogha solais na coinnle ar a leathleiceann ag treisiú leis an ré dhorcha ina raibh an chuid eile dhá aghaidh.

Bhí a súile leata ar an stoca aríst agus lúbadh ní ba mhire ag na bioráin. Ach ní fhaca na súile sin ach boirric ... Chúig bhoirric ...

Leag uaithi an stoca ar an bhfuinneog. Chaithfeadh sí cuid dhe a roiseadh aríst ...

'Cá'il tú ag dul?' adúirt Micil.

'Sílim nár dhúin mé púirín na gcearc. Cá bhfios nach hé an sionnach ...'

'Foighid ort!' adúirt an Fear Óg, ag éirí dó agus ag dul don tseomra. 'Tá *flash-lamp* i bpóca mo sheaicéid nua, má tá an oíche dorcha.'

Bhí sé aniar aríst ar an bpointe leis an lóchrannán: lóchrannán a raibh cuma an-tseang an-tsleamhain air, sa gcrobh leathan téagarach. Bhog sé an cnaipe agus shín dealg gléineach solais anonn uaidh ar an bhfuinneog.

Rug Nóra ar an stoca agus thug suas ina seomra féin é.

'Cá bhfuair tú an gleorachán sin?' adúirt Micil.

'A cheannacht.'

'I nDomhnach, ní fhaca mé a leithéid ariamh ach ag an bpóilí. Oíche dhá raibh mé ar cuairt ansin thíos tigh Taimín bhí an póilí ramhar ag ceann an bhóthair, dhá scartadh ar lucht *bicycles.*'

'Tá siad i chuile shiopa thiar againne, pé ar bith é. Is mór an éascaíocht iad oíche dhorcha le breathnú ar bheithígh i gcroithe.'

'Laindéar agus coinneal ann a bhíos agamsa,' adúirt Micil.

'Is sciobtha é seo go mór' – las aríst é – 'seo dhuit é,' arsa seisean, dhá shíneadh chuig Nóra a bhí ar ais sa gcisteanach.

'Ní bheidh plé ar bith agam leis,' arsa sise, idir í féin agus a hanáil, ag druidim i ndiaidh a cúil di amach an doras.

26

Bhí an lúbán ar phúirín na gcearc. Ba é an rud deiridh a rinne sí tráthnóna é.

Sheas ag binn an tí. Ba mhinic, de shiúl oíche, a chaitheadh sí seal mar sin amuigh ar an tsráid. Thugadh sé fortacht di éisteacht le srannán an chuain ar choraí an chladaigh.

Bhí an ghealach – an sceallóigín deirceach di a bhí ann – maolaithe i bhfad siar ar an spéir agus í ina suí go corrach ar ghualainn dúnéill ramhair. Fáiscthe lena brollach cuasaithe bhí gealach eile – góshnáth éagruthach gealaí ...

Gan mórán achair, scoilt an dúnéall agus lig an tsiabharghealach thríd síos. Ní raibh fágtha ach breacadh beag solais ar chiumhais an duifin.

Bhí corr-réalt ar an spéir, ach níor mhór féachaint go grinn lena bhfeiceáil, bhíodar chomh smúitithe sin ag scamaill. Spéir dhoicheallach a bhí inti. Spéir fhuar fhalamh.

D'éist le éagaoineadh an Chaoláire. Ag éagaoineadh a bhíodh an Caoláire i gcónaí: snag roighin saothrach mar bheadh ag seanduine criotáin ...

Bhí tolgán bodhar ag an gCarraig Bhuí, ón súiteán a bheith ag brúchtadh thríd an gcoirrligh uaibhreach ag a bun. Shíl Nóra gur fhéad sí an chiumhaiseoigín gheal a fheiceáil, san áit a raibh an ghaoth ag greannú aníos craiceann an chuain agus dhá bhriseadh ina bhúir ar na moláin bháite, ag an gceann amuigh den Scothach ...

Níor shólás ar bith do Nóra éisteacht leis anocht. Caoláire eascairdiúil a bhí ann. Coileán colgach, dhá shaghdadh ag an ngaoith theann aniar, ag tafann go binibeach uirthi ...

B'aisteach léi a bheith ag féachaint ar an gCaoláire ó d'oscail a súil agus gan cuimhiú, go dtí aréir, cá fhaid siar a bhí sé ag dul.

B'fhada siar a bhí sé ag dul. Siar go dtí na 'Rosa' agus na 'Cuigéil'. Siar go dtí caladh a raibh bád mór feistithe ann. Siar go dtí teach a raibh moing bhreac agus cnoc clochach ceo-bháite ar a chúl ...

Agus bhí bean eile ag féachaint amach ar an gCaoláire agus ag éisteacht le fonn na farraige anocht. Ag cuimhniú a bheadh sí go raibh sé ag síneadh i bhfad soir. Soir in áit nach raibh oileán, ros, ná cuigéal. Soir in áit nach raibh glaschuanta ina gcrága móra míchumtha ag stialladh an chladaigh, ach ar fhéad lorga an bhóthair rith díreach fáilí, mar éan chuig a nid. Soir an bóthar sin le ciumhais an Chaoláire a chuaigh sé. Thoir ar an mbóthar sin a bhí sé. Ach thiocfadh sé ar ais, gan mórán moille. Ar ais ina coinne féin. Agus d'ardódh leis soir í: ise a bheadh ag fuiríocht thiar chois Caoláire ag éisteacht le fonn na farraige ... Bean cheannasach. Bean ghadharúil ...

Phreab Nóra. Chuala sí rud eicínt, dar léi féin. Bhioraigh a cluas sa ngaoith. Ach ní raibh ann ach fuaim an chasúir ón doras faonoscailte.

Tháinig an madadh chuici. Thosaigh ag lúcháireacht léi.

'A – a – a –' arsa sise, ag tarraint a seanchic air.

Sciorr leathchos léi ar an leicín bhealaithe chois na binne ar a gcuimlíodh sí an tsluasaidín, tar éis an luaith a chur amach gach lá. Shín a láimh uaithi, nó go bhfuair greim ar rud eicínt. Láí a bhí ann, láí a bhí in aghaidh an bhalla.

Bhí dhá láí ann – scair ag feac acu ar an bhfeac eile in éadan tóin an tí ...

B'éigin di an láí a thógáil suas leis an mbróigín a

thabhairt faoi deara, mar bhí an dorchadas greamaithe chomh dílis le scraith chaonaigh, anuas don bhinn. Níor ghá é. Ar an gcéad tadhall dá láimh mhothaigh sí go raibh saothar aon lae Mhicil dhá fhoilsiú féin ar a múnla. Bhí bos ag teacht ar an bhfeac agus caoineas sa gcruach – caoineas láimhe ar cheann naíonáin, adúirt Nóra léi féin ...

Shocraigh Nóra í ar dheisiúr na gealaí, ag giall ó dheas na binne. Chaith láí an Fhir Óig ag an gcorr ó thuaidh. Ach chrom uirthi aríst láithreach. Níor leisc léi a dhá láimh a chur inti an iarraidh seo, í a thabhairt anonn go dtí an claí beag ag tóin chró na mbeithíoch, agus a cur soir le fánaidh dá seanurchar sa gcarn aoiligh ...

Tuilleadh de bhéasa na Tíre Thiar na lánta a thabhairt abhaile san oíche ...

27

Ní raibh deireadh ráite fós ag Micil, ar a theacht isteach di, faoi íospairt an tsionnaigh.

'Tá gunna bairille dúbalta thiar sa mbaile agam,' adúirt an Fear Óg.

'Dheamhan gunna a bhí i mo ghlaic ariamh. Níl aon ghunna ar na bailteachaí seo.'

'Cuireadh mise go dtí an Currach bliain amháin, ar fhoireann an Chéad Chatha, i gcomórtais an raidhfil. An bhfuil na lochíní sin adeir tú a mbíonn na géabha agus na lachain fhiáine orthu i bhfad suas sa gcriathrach? ... Beidh a shliocht orthu! Cuirfidh mise ag ithe feoil duine uasail sibh, ar feadh is an 'cailín' siúd a theacht aniar ...'

'Phléasc gunna i dteach ansin thoir anuraidh. Is fánach an chaoi – i bhfad uainn an urchóid! – a maródh siad duine ...'

'Ara, tuige a maródh?'

Lig an Fear Óg scairt gháire.

'Ara, tuige nach maródh!' adúirt Nóra. 'Ní thiocfaidh aon ghunna isteach anseo ...'

D'itheadar a suipéar ina sost.

Tar éis an phaidrín shuigh an bheirt fhear ag an tine aríst. Dhearg Micil an dara píopa tobac gan rómhoill.

'Tá sé in am codlata,' arsa Nóra.

'Is ceart don Fhear Óg seo - bail ó Dhia air! – a bheith tuirseach i ndiaidh a lae,' adúirt Micil. 'Ba réacha an Caoláire a rómhar ná an cnocán siúd. M'anam nach drochdhúchan lae ag beirt, i nGarraí an Tí, 'spaga Chonáin' a bheith tochlaithe acu ... Féadfaidh sí a dhul soir ag scaradh giota dúinn amáireach ...'

Ag fáil coinnle a bhí Nóra. Las agus chuir ar cheann an bhoird í, le haghaidh an Fhir Óig.

'Tá an lampa seo agam,' arsa seisean, ag baint na nascán as íochtar a bhríste dó. 'Sé is éasca ...'

Mhúch Nóra an choinneal gan tuilleadh cainte ... Ní chuimhneodh sí choíchin ar choinneal a thairiscint do Mhicil Óg. Ghabhfadh Micil Óg a chodladh gan aon tsolas, a fearacht féin agus a fir. Bhuailfeadh sí siar sa seomra chuige, de mhaol a mainge, agus é ar thob luí. Thóródh sí rud eicínt sa gcúinne, nó chorródh na breacáin a bheadh ar an bhfuinneoig. B'fhéidir gur balcais éadaigh leis nár mhór a phíosáil a thiúrfadh sí aniar. Ach ní imeodh sí as an seomra gan fiafraí dhe a raibh a dhóthain clúdach faoi agus thairis ...

Mar sin a d'fhágfadh sí slán codlata ag Micil Óg ... a d'fhágadh ... mar ba é an t-aon ghnás é nár fhéad sí a thabhairt suas ar chomhairle an tsagairt úd ... go dtí anocht...

Anocht bhí duine sa seomra nach raibh gaol ná dáimh aici féin ná ag a fear leis: mac bádóra as an Tír Thiar ...

28

Chuaigh an bheirt fhear a chodladh.

Shuigh Nóra síos ar an stól i lár an teallaigh agus scar a dhá chois ar an tine, rud nach ndearna sí cheana in imeacht an lae. Ba shin é an chaoi ab fhearr a dtéadh sí í féin.

I bhfaonsholas an tí bhí an tine – an méid ab ann di – ina gréasán dubh agus dearg agus gan cruth dá samhlódh súil –

ag lonnú di ar feadh tamaill – nach raibh ag snámh agus ag sméideadh inti ...

Ba ghearr go raibh súile uaigneacha Nóra sloigthe sa ngeamaireacht dhiamhair seo ...

Buidéal *castor oil*. Cáca gearrtha go coirnéalach isteach go croí. Cupán agus sásar agus uibheagán. Scian a raibh bior inti. Ceannadhairt gan aon liocadh. Póca beag páipéir. Lóchrannán. Adhartáin ramharfhola. Mailí dubha, boirric ...

Bhí an bhoirric ansin sa mbéalóig ... Rug Nóra ar an tlú, de dhorta dharta, agus tharraing thríd an tine é ...

Bhí an lá sin caite. Ach ní raibh ann ach an chéad lá. An chéad lá de na céadta lá, de na mílte lá, a mbeadh an strainséara sa teach ...

An strainséara a bhí dhá chruthú as páisiún anshocair na tine aríst. An strainséara seo a raibh muineál air chomh rite le crios ar bhásta póilí agus dromán chomh leathan fuinte le doras an phríosúin sa nGealchathair ... Agus boirric ...

Bhí an bhoirric ann aríst. Mhéadaigh nó go raibh an tine ar fad fúithi. Chairigh suas ar fud an tí agus amach ar an tsráid. Bhí sí ag deasú bróg ag an mbord, ag tuíodóireacht ar an teach, ag cur fhataí i nGarraí an Tí, i gcuraigh amach ón Scothach ar an gCaoláire ...

Tharraing Nóra an tlú thríd an tine in athuair ...

Níor ghar é. Tháinig dhá bhun-rí aníos as an lasair: dhá bhun-rí a bhí chomh cruaidh chomh daingean le boltaí caolláimhe agus chomh haclaithe le slabhra ... Shearr an dá bhun-rí sin amach, nó go ndearnadar talamh Mhuintir Chéide a sháinniú, ó uachtar go híochtar ... Rugadar greim cúl cinn ar Mhicil agus chaitheadar isteach ar a bhéal agus a fhiacla i gcuraigh é ... Strachlaíodar Micil suas ar an teach, in aghaidh a chos, nó gur chuireadar ina sheasamh ar an simléar é ... Chuireadar gunna i nglaic Mhicil agus a béal cocáilte ar chlár a éadain ...

D'éirigh an bhean bhrúidiúil sin aníos i mbarróig an dá bhun-rí ... Bhí lóchrannán ina glaic ... Bhrúigh sí an cnaipe, nó gur scal an solas ar chroí Mhicil agus ar a croí féin ... Lig sí uaill gháire ansin ...

Phóg an bhean bhrúidiúil an bhoirric agus tháinig scuaid as a béal a chlúdaigh teach, talamh agus trá Mhuintir Chéide ó sháil go rinn ... Nocht an láthair aríst ... Ach níorbh iad teach, talamh agus trá Mhuintir Chéide a bhí ann anois ... Teach ar dhéanamh curaí é. Bhí na hiomrachaí leathan as a n-íochtar agus caol as a mbarr, fearacht gunna ... Ní féar, ná arbhar, ná raithneach a bhí san iothlainn ach gliomach ábhalmhór a raibh a theannachair sínte, lena cur i bhfastó i Micil ...

Bhí an bhean bhrúidiúil agus an dá bhun-rí ag déanamh líméir soir faoin gclaí tórann i nGarraí an Locháin ... Chuireadar faoi deara do Mhicil clocha an leachtáin a shocrú le géill an líméir agus ar a uachtar ... Stuáil an strainséara scrathachaí ina bhéal agus sceann iad chomh fíochmhar is dá mba námhaid chloíte iad ... Í féin agus Micil a bhí faoina láí ... Lig an bhean bhrúidiúil agus an strainséara dhá uaill gháire ... Phóg an bhean an bhoirric aríst ...

Bhí Nóra ag eitealla ar an stól. Chuala an smeachaíl in aghaidh a blaoisce agus mhothaigh mar bheadh meall mór an-trom ag corraí thíos faoina cliabhrach. Rug ar an tlú agus shuaigh an tine, nó go raibh gríosach treasna ó chlúid go clúid.

D'éirigh de phreib. Bhrúigh an naipcín gríosaí seo isteach i lár na tine agus chlúdaigh le luaith é, go dtí go raibh ina ghreamhar liath dochma, gan dlaíóg thoite ná mirlín dearg aníos ar a fhuaid. Fuair cúig nó sé d'fhóide agus sháigh an mullach caol díobh isteach sa ngreamhar. Chuir lánú eile luaithe os cionn an iomláin.

Níorbh fhéidir a dhath a fheiceáil sa gcoigilt ...

29

Shiúil sí suas síos an t-urlár cúpla babhta. Ansin d'ardaigh cliabh na *mangolds* go mín réidh den chófra agus leag ag an doras cúil é.

Bhain an lampa stáin anuas den tairne ar an mballa,

choinnigh ina leathláimh é agus leis an láimh eile d'oscail sí an cófra. Ba bheag nár phreab an lampa as a méara leis an ngíoscán a rinne an cincín agus í ag crochadh suas an chláir. D'éist sí ar feadh mionóide. Ní raibh de chorraí sa teach ach a raibh ina colainn féin, ina ceann, ina cliabh agus síos ina ciotóig ...

D'ionsaigh uirthi ag cartadh sa gcófra. Chuir brúisc éadaigh agus seanghiúirléidí eile aníos. B'éigin di an solas giongach smalta a thomadh cúpla uair ann sul ar aimsigh a láimh an rud a bhí sí a iarraidh ...

Chíor sí siar a cuid gruaige go cúramach, d'fhill ina coirnín ar a cúl í agus rinne an raca ard as an gcófra a fháisceadh síos inti go drandal. Ba chosúil le teanga thine, ag sceitheadh suas ar scothóigín deataigh, cúl flannbhuí an raca ag soilsiú aníos as an ngruaig léith ...

Lig anuas di féin an seáilín craobhach agus an rapar. Chuir uirthi ansin an dá bhall eile a thug sí as an gcófra: an seál *cashmere* agus an gúna cabhlach *velvet*. Ní raibh na trí bhall sin thuas ar a colainn cheana ó lá a pósta ...

Leag an solas ar thairsigh na fuinneoige. An *cashmere*, an raca, an *velvet* dathannach, d'adhaineadar dé bheag ina súil, smearadar faonluisne ar leathar scáinte a grua. Shín a láimh isteach chuig an lampa ar an bhfuinneoig. D'aimsigh an solas an fáinne pósta – fáinne Cladaigh go n-íomhá croí. In imeacht meandair rinne an solas smalta scáile chomh haduain sin ar an ór, is gur mhó ba chosúla an íomhá le péiste ar bhachlóig, ná le méara ag muirniú croí ...

D'ísligh sí an solas ar an lampa nó nach raibh uaidh ach faonbhogha isteach ar an bpictiúr beannaithe, ar stuaic na fuinneoige ...

Scinn súil Nóra suas ar an bpictiúr ... Ba é a raibh ann an bhoirric ... Boirric ar rinn na sleighe ... Boirric ar áit na dtairní...

Chuaigh sí siar go dtí doras an Fhir Óig agus chuir a cluas leis. Bhí dord ciúin suain aige.

Bhain an bolta de dhoras an tí agus dhúin ina diaidh é, gan toirnéis ar bith.

Bhí an ghealach imithe an-íochtarach agus teanga ghabhlánach dhorcha ag líochán na talún cheana féin. Ní raibh ar an spéir ach corr-réalt fannsholasta. D'fhalaigh sí a ceannaghaidh lena bois. An seoideadh gaoithe aniar a bhí ag crúbáil in eitrí a grua ...

B'fhóbair di sciorradh ar an leic luaith-bhealaithe aríst. Bhí solas an lampa ina súile fós. Níorbh fholáir di tosaí ag méaracht mar ba ré dhorcha a bhí ag bun gach claí agus balla anois agus ag binn thoir an tí go háirid. Rug ar láí Mhicil. D'fháisc léi aníos í, nó gur airigh fuacht an iarainn ag dul ina leis, thríd an *velvet* leamhanchriathraithe. Ansin shiúil suas an iothlainn, suas thar an somadán féir, suas chomh fada le claí ard Gharraí an Locháin.

Bhíodh maolbhearna sa gclaí seo an tráth a thaithíodh Nóra Garraí an Locháin. Tar éis teacht as an ospidéal di, chuir sí faoi deara í sin a dhúnadh láithreach agus airde duine a chur de bhiorú ar an gclaí go léir. Fágadh gan corraí liag amháin den tseanchéim a bhí ag freagairt amach as an gclaí, cúpla troigh ó thalamh, ar thaobh na hiothlann. Sheas Nóra, mar rinne aréir roimhe sin, ar leibheann na cloiche seo, le féachaint ó thuaidh i nGarraí an Locháin, agus an leachtán ar choinnigh sí a súile di leis na blianta a ghrinniú anois aríst ...

Bhí an leachtán tite ... tite agus scortha, mar scoirfeadh naíonán paidrín a tiúrfaí dó lena bhréagadh ...

Theann a crobh ar láí Mhicil ...

Thosaigh smólach i bPáirc na Buaile ar labhairt go hanshóiteach. Ba ghearr gur múchadh a glór i mbolg na gaoithe. Ba deireannaí ná seo a labhair sí aréir ...

Bhioraigh Nóra a cluas aríst ... Slup slap, slup slap ... Ní raibh ann ach glogarnaíl an tsíol fragannaí sa lag ag an lochán. Taca an ama seo a chuala sí aréir é freisin. Bhíodh sé ann mar sin i gcónaí san Earrach. Fuaim mhaol ghlagach chodramánta. Pé acu sin é bhí gliondar piaclach eicínt sníofa thríthi ... Doigh mháithrithe ...

Níor léar do Nóra an scaipiúch cloch a thuilleadh. Ba é a raibh sa leachtán anois boirric mhíofar ag guailleáil an duifin a bhí imeacht na gealaí a chruachadh leis an gclaí. Sháigh béal na láí síos taobh thiar di sa gcré mar thaca agus bhrúigh an lámh eile in aghaidh an chlaí, lena chur anuas ...

Luigh mar bheadh ualach trom ann ar a láimh, sul a raibh a neart curtha aici ar an gclaí. Smaoineadh tobann a phreab ina hintinn agus a ghabh a géag ... Má ba ansin a bhíodar chor ar bith? ... Dá mba dallamullóg freisin di é faoin gclaí tórann, leis na blianta ... Dá mba bréag eile é ... fuath chomh siabhrúil, chomh neamthadhaill is a bhí i Micil Óg, Nóirín, Pádraig ...

Cá bhfios arbh olc gan ábhar a bhíodh ar Mhicil léi, faoin leachta agus faoi Gharraí an Locháin? ...

Cá bhfios nárbh fhíor gur in adhlacan mar a shamhlaíodh sí féin ar dtús a bhíodar – caorán, bruach locha, lúibinn chlaí, dumhach chois Caoláire? Adhlacan nach mbeadh aon fháil aici go héag air. Adhlacan ar ghaire iad ann, ar feadh na mblian sin go léir, do na huain, do na laonnta, do na lachain fhiáine, do na faoileáin chladaigh, ná di féin, dá teach, ná do luainn a saoil ... Cá bhfios ...?

32

Bhí na réalta liaite ina gcnapáin oighre. Thosaigh smólach i bPáirc na Buaile ag banrán aríst ar an ngaoith aniar. Bhí seansúr srannánach an Chaoláire agus dos éagaointeach na bhfrag ina gcoránach ar uair mharfa seo na hoíche ... Ba bheag den tsámhas dorcha a dhúisíodar inti anois.

Ag iarraidh taibhsí brúidiúla a chur siar as a súile agus as a cluasa a bhí Nóra. Na taibhsí a d'adhlac sí sa luaith bhíodar ag snámh chuici aríst, anuas as dúlinn oíche Gharraí an Locháin, anuas thar an gclaí ard go dtí an iothlainn. San áit chéanna a bhí sí fós, leathlámh léi in aghaidh an chlaí agus an ceann eile ar láí Mhicil ...

Láí Mhicil. Cé an chiall gur thug sí léi í ón mbinn? ... Mar thaca chun fuiríocht ina seasamh ar an liagán cúng doicheallach sin taobh abhus den chlaí ...! An ndéanfadh sí an saothar a chuir aimhreas agus taibhsí an lae as a ceann, in imeacht cúpla nóiméad an chloig ...?

B'fhusaide an saothar sin an leachtán a bheith díláithrithe...

An chéad spreab a bhain choinnigh ar an láí í ... Chrom agus chuir a ladhar scagtha thríthi mar a dhéanfadh cailín le gruaig a cumainn ... Clocha beaga. Clocha amháin ...

Bhain fóideog de chré sprosach a rinne púir idir a cuid méar ...

Bhuail an láí in aghaidh rud eicínt tacúil ... Rud eicínt nach raibh cruas cloiche ann ... Níor chloch é ...

Thochail aníos lena bosa an chlaisín a bhí déanta ag an láí ... Ansin thosaigh ag méaracht ...

Bosca ...!

Tháinig sé léi oiread na fríde ... Tháinig sé ar fad ... Ach ar an dá luath is ar scar sé leis an gcréafóig rinne spros ina láimh ... Ní bosca a bhí ann ní ba mhó ach gitíní de chláir sínte chun cheithre hairde fichead na spéire, agus an ghaoth dhanartha aniar ag tarlú léi gach a bhfuair sí so-ghluaiste ...

'Mo Mhicil Óg ...! Mo Mhicil beag ...! Mo Mhicil bán ...! Oíche Fhéile Míchíl a bhí inti thar oícheanta an domhain ... Nach mairg nár thug mé an laindéar liom ...!'

Bhí a súile buailte thíos ar an gcréafóig ag dearcadh, ag dearcadh ...

Leagadh lámh ar a gualainn. Micil, a fear, a bhí taobh thiar di:

'Níl aon mhaith a bheith ag guidhe ar a son ...'

Ní raibh fearg dá laghad ina ghlór anois ...

'In áit dhorcha gan aon phian atá siad ...'

Bhí sé ar a chromada, a dhá láimh ag méaracht le hais a lámha-se, a dhá shúil sáite aige le hais a súile-se, ag dearcadh, ag dearcadh ...

Ach ní raibh aon ní le feiceáil aigesan, ach oiread léise, sa smearsholas ... Aon ní ach créafóg sprosach ... Créafóg nach raibh tathú ar bith ina chéile inti ...

D'fhan an dís ag dearcadh, ag dearcadh, ag méaracht, ag méaracht ...

Agus bhí an ghaoth aniar ag méaracht freisin ...

Leathnaigh sí a dhá bois ar scáth a héadain ...

Bhí an bhean bhrúidiúil sin ag bualadh na créafóige idir an dá shúil uirthi ...

D'oscail na súile a rinne neamhchodladh na hoíche roimhe sin a dhúnadh le tamaillín beag. Mhothaigh sí an meall in íochtar a cléibh ag brú aníos go tolgach ina muineál. B'éigin di greim dhá láimh a bhreith ar an gclaí le fuiríocht ina seasamh ar leibheann an liagáin. Bhí na réalta ar fad imithe agus gan ann anois ach an dorchadas dílis – dorchadas ina lacht tiubh ag sní anuas as cupán liath na spéire. Ach níor bhac sin an radharc uirthi níos mó. Bhí a súile déanta ar an dorchadas anois ...

Ba léar di go follasach an claí tórann a raibh airde thaibhsiúil ann ón oíche. Ag a bhun, bhí an leachtán spréite: spréite ar nós an choigilt dhiúltach a bheadh roimpi ar an teallach ...

Thuirling de leibheann na céime. Bhí an láí tite lena hais san iothlainn, ón uair a tháinig an néall ar a súil. Rug uirthi agus chaith uaithi suas thar claí i nGarraí an Locháin í. Láí Mhicil ... Ní raibh de mhisneach inti créafóg a réabadh ...

33

Shuigh isteach sa gclúid. Bhí a ceann ag gleáradh. Bhí a croí ag gleáradh ina hucht.

'Nach mairg a choigil an tine ...!'

Bhí an teallach fuar préachta: laithreachán marbhluaithe agus caiseal fód lena ciumhais amuigh ... Fód. Dhá fhód. Trí fhód. Cheithre fhód. Chúig fhód ... Chúig fhód a chuir sí sa gcoigilt. Chúig cinn acu. Dóideoga móra a bhí faoi únfairt luaithe. Chúig mheall créafóige ... Chrup í féin isteach tuilleadh sa gclúid. Bhí sí ag eitealla leis an bhfuacht.

Bhí a croí fuar. Bhí clocha na gclaíocha fuar. Na laonnta. Na lachain fhiáine. Na faoileáin gheala ...

Chuimil Nóra a súil ... Ach bhí sé ann ... Airgead beo ag snámh sa gcoigilt. Bhí coinnlíní ag goineachan aníos ó aibhleoga nach raibh an luaith i ndon a mhúchadh ... Ceann ... péire ... chúig cinn ...

Las ceann de na fóide: lasóg dhriopásach a dhréim san aer agus a chuir scáilí ag foiléimneach suas an t-urlár dorcha...

D'ardaigh Nóra a ceann, d'aon iarraidh.

Bhí a colainn ar crith, ar nós duilleog a bheadh bogtha ag an ngaoith ...

Sháigh a súile suas thríd an dorchadas a bhí ag scáineadh faoin mearlasair.

D'aistrigh anuas ar gheamhar na coigilte aríst iad.

Bháigh a ceann ina gúna *velvet*, ina seáilín *cashmere* ...

Níor ghar é ...

Dúirt an sagart sa bhfaoistean úd go raibh creideamh i riocht ...

D'fhéach d'aon iarraidh ar an bhfuinneoig, san áit a raibh an faonbhogha solais ar an bpictiúr beannaithe ...

Dhírigh í féin. Anonn chun na fuinneoige léi. Dhearc ar an bpictiúr. D'aclaigh sí a cuid súl ...

D'ardaigh sí an solas ar an lampa stáin. D'ísligh go dtí dé aríst láithreach é, mar bhí cuisne ag teacht idir í féin agus an pictiúr sa lóchrann tobann sin ...

Thug an pictiúr amach i lár an tí, go ndearcadh é sa dorchadas ...

Ba leor an t-aon silleadh lena cur ar a dhá glúin ar an teallach ...

B'fhíor é ...

Bhí tosach an phictiúir ag déanamh geamhair freisin: geamhar airgid: airgead a bhí faoi smúr meirgeach ...

Bhí an pictiúr dochma ag brúchtadh chun dealraimh chomh cinnte is go raibh dhá shúil istigh ina ceann ... rinn na sleighe thrí lasadh, róis ag eascar ar áit na dtairní, na gona ina néamhainn, an luan ina loscadh sléibhe ar an gCeann ...

Bhí sciatháin na n-aingeal ag foluain ... Tháinig scuaine díobh anuas as froighibh an aeir ar ghuaillí na Croise ... Bhí brat Mhuire ag síneadh ... Ba ghile a roisc ná tinte dealáin ag treabhadh na spéire, thiar ag béal an chuain, i nduibheagán na hoíche ... Thit an ghrian den aer anuas ina folt ... Ach d'fhan smúit an bhróin i gcónaí ina ceannaghaidh ...

Phlódaigh an láthair le daoine ... Shín Nóra amach a láimh dá hainneoin ... Ba shin í a máthair féin. B'fhurasta aithinte í ar a caolmhéara bioracha agus ar a fionnfholt ... Agus athair Mhicil, lena mhuineál seang, a dhroim ghleannach, a mhailí míne ...

Tháinig slua eile isteach i lár báire, i bhfianais na Croise ...

Ab bu búna! Ba shin iad iad ... Micil Óg ... Nóra ...

Chinn uirthi a gceannaghaidh a fheiceáil. Choinníodar uaithi iad. Ach b'fhollas di an néall smúir os a gcóir amach, san áit a rabhadar ag féachaint ar Mhuire agus ar a brat luchtmhar ...

'Ó a Mhuire Mhór, slánaigh iad ...! Sé do bheatha ...'

'A Mhic ...'

'Níor óladar ariamh fíon an bhaiste. In áit dhorcha gan aon phian a rachas siad ...'

'Na máithreacha! Na máithreacha! Féach iad, a Mhic ...!'

Shín sí an mhéar in airicis Nóra.

'In áit dhorcha ...'

'Ó a Mhic, d'iompair mé trí ráithe faoi mo bhroinn Thú ...'

'Is fíor dhuit, a Mhuire Mháthair! Ó, a Mhuire Mháthair, d'iompair mise cúigear acu! Féach iad! Féach iad! Micil Óg...'

Rug ar bhinn na braite:

'Ó, a Mhuire Mháthair! Iarr Air mise a ligean ina leaba san áit dhorcha ...'

Thit na réalta ina bhfras confeití ar chrann na Croise ... Gháir na milliúin clog 'Mac na hÓighe Slán.' Luaimnigh an Bhrat timpeall d'oscar éigneach agus scuab an gasra láir faoina binn ...

Rinne an smúr agus an smúit gréasán griansholais, d'aon iarraidh amháin, os coinne Nóra ... Chonaic an mheirg ag leaghadh den gheamhar airgeata a scinn ina dhéas óir go froigh na fiormaiminte, áit a raibh brat Mhuire ag ardú ar an ngualainn deas den Chrois ...

Brat Mhuire agus cloigeann linbh ... muineál seang, mailí míne ... ag gáire amach óna chiumhais ...

Gháir croí Nóra:

'Sé do bheatha, a Mhuire ...'

Chuir an gadhar síon chráite isteach faoi íochtar an dorais...

Ar theacht aniar dó dhá tóraíocht, fuair Micil sínte i mbéal an teallaigh í agus a láimh i ngreim sa bpictiúr ...

I solas preabach na coigilte níor léar na roic ina haghaidh agus ba gheall a súile le súile beo ...

Bhí an ghaoth ligthe fúithi agus crónán sáimh ag an gCaoláire i gcrompáin an chladaigh. Bhí an bháisteach bhog shuanmhar ag déanamh locháiníní sa seandíon ar an teach, sa luaith ag an mbinn agus sa gcréafóig úr a deargadh inniu i nGarraí an Tí ...

THE STRANGER

1

Nóra hadn't slept a wink all night. She heard the plop of frogspawn in Garraí an Locháin, the screech of a startled thrush in the bushes beyond the road in Páirc na Buaile.

The cock crowed for the first time – a smouldering cinder hurled through the black hole of sleep. The second call was different – persistent and arrogant, its harsh cry a steel beak pecking at her chest. For the rest of the morning the noise in her head and the palpitations in her heart would not go away. She didn't feel like getting up until it was well past the usual time.

She put on her wrapper. It was cleaner than the red dress that was frayed at the hem. She had no call to put on her Sunday clothes on a weekday.

Usually she went barefoot until after breakfast. Today she put her shoes on as soon as she got up; she'd tie the laces later.

You could see her face and shape more clearly as she bent down to pick up the tongs, her nervous body taut as a coiled spring, ready to snap.

You'd notice her face more than anything else – blotched, and uneven, like mortar divided into panels with a trowel, each panel so dry the skin would come away if you scratched it. And, if that comparison occurred to you, her glazed eyes might also remind you of the shiny shells that are sometimes set into mortar. Her hair was grey and wispy as the thin ribbon of smoke from the lifeless fire.

She brushed the hair from her eyes and put down the tongs, then stood for a moment in the middle of the kitchen looking around, each wrinkle on her forehead writhing like a painful wound:

'I don't put it on until milking time ...'

She took the patterned shawl, as she called it, from the dresser and wrapped it around her.

She picked up the tongs again and cleared away the ashes, then banked the glowing embers. She took a few sods of turf from the pile along the wall, broke them and placed them around the live coals. Like an ugly moth emerging from its hiding place, a thin wisp of smoke seeped from the new fire ...

As soon as she had made the breakfast, she sat in the chimney-corner coaxing the smouldering fire.

The ashes scattered on the hearth were like the dried dung of some large animal. A film of dust on the floor. Shitscrapings from shoes, potato sproutings with bits of fluff on them. There was a puddle of water by the keeler and buckets near the closed door, with sops of straw, mangolds and a waistcoat that had fallen from a hook on the wall, scattered around it ...

Every morning she had breakfast before sweeping the kitchen and putting the ashes out.

Looking up from the chimney-corner today, the house seemed dirty in a different way than before. She couldn't stand it. She grabbed the brush and scraped the heavier dirt vigorously towards the fire, ignoring the awkward places under the press and by the closed door until later.

She got the stumpy shovel with the broken handle from the gable, and threw water on the ashes that had been there for two days. Five shovelfuls; five trips to the mound in the yard. There was no need for such work on an empty stomach, she told herself ...

When she came back in, Micil and the Young Man were up.

2

Micil gripped his boot tightly with both hands as he struggled into it.

'How well it was me got stuck with this rotten relic of an old cow!' he said, grunting.

It was the same tune every morning from Micil as he tried to squeeze into the tight boots.

The Young Man was on the other side of the fire, watching a trickle of sooty water seeping down the whitewashed wall ...

'A drop of castor oil will ease them out for you,' he said, turning to Micil.

'I put butter on them but it was no use ...'

Nóra dropped the knife she had been wiping in her apron. She ignored it and turned around to pull the half-full keeler from the closed door. She had lifted it on its side, with the water lapping against the brim, when the Young Man got up to take it from her.

'What'll I do with it?'

He had to ask again before Nóra could wrest her eyes from Micil's boots, before she could unlock her tongue to reply:

'Put it out in the yard.'

There was no need to bother with it in the first place. She'd only have to bring it back in later anyway. It was all his fault ...! All that talk about castor oil ...! In a house where there was never a drop of the stuff ...!

'Can I give you a hand with anything else?' asked the Young Man when he came back in.

'Stay where you are,' said Micil. 'A man shouldn't lift a finger till he has his breakfast eaten. That's what I say anyway.'

'I'm well used to work on an empty stomach,' said the Young Man. 'Many's the time I had a load of turf drawn in from the Rua-Thamhnaigh before breakfast! During the lobster season we hardly ever get to eat a bite until we come in after checking the pots.'

'Madness, boy. Sheer madness!' said Micil. 'You should never work on an empty stomach. A mug of tea's your only man! I wouldn't put a foot outside the door without it. When the priest is hearing confessions here in the village, I nearly drop with the hunger ...'

Micil went on and on but Nóra didn't hear him any more. The Young Man's talk had left her confused, as though new rocks had sprouted around the house during the night ... So that was what women bought castor oil for ... To put it on shoes ...! Going hungry to the bog. A creel of turf on your back on an empty stomach ... At least that wasn't as bad as carrying a currach, like a cap on your head, down to the sea ... The boat creeping towards the cork that marked the lobster pot, like a beetle crawling towards a button in the folds of a bright dress. The fisherman still fasting ...

Nóra knew nothing about lobster fishing. Nobody had bothered with it in these parts until recently. The first time she saw anyone doing it was a fisherman from the West who came over every summer for the lobster season. Sometimes, when she was down on the shore, she saw him working. From the south side of the house, she could see him heading for the pier, then pulling on the oars as he made his way out to check the pots. It never occurred to her that he hadn't eaten ...! They had strange notions in the West ...!

'The bog isn't far from ye over there,' said Micil to the Young Man.

'Nearer than it is to ye anyway. Rua-Thamhnaigh is only about a quarter of a mile from us. I'd say it'd nearly be cheaper for a man that's on his own over here to buy coal and the bog so far away.'

'Even if it was outside in the haggart, we wouldn't cut turf on an empty stomach ...!'

It was Nóra who had spoken, defending her husband's easygoing habits, the habits of her people, which had to be protected from the newfangled ideas, the aggression and hardness that was second nature to the people who lived in the islands and inlets back there in the West ...

'Your breakfast is ready,' she said to the Young Man.

Micil had already pushed his stool in to the table.

She put Micil's egg straight on to the table, and the Young Man's in an eggstand beside his teacup.

She had given him a cup and saucer. Micil had a mug. If the tea was too hot, he'd get a saucer off the dresser to cool it. Nóra huddled over the fire with her own mug.

The two men went on talking. Twice Nóra spoke to stop the hem of conversation from unravelling into awkward silence.

She listened closely ...

His tongue was quick as a fish. Darkskinned words from out West! 'Crayleagh' for ashes, 'slack' for a weakness, 'mire' for bog hole. 'Lobsterhole', 'wrack', 'boltrope' screeched like strange birds in the kitchen ...

The night before, one of the neighbours' girls, Máire Jim, came in with her messages from the shop. The Young Man chatted with her. She started imitating him, saying 'swine' instead of 'pigs'. Her own Nóirín, the Young Man's cousin, would be just as bad. Nóra would have to give her a clip on the ear to stop her. It would end in tears. She'd no sooner be out of sight with the rest of the young ones than she'd be at it again. You couldn't be up to them. Maybe the Young Man would hurt them. They'd get more than a clip on the ear if he took his hand to them. Who could blame them for imitating his strange talk ...?

Currachs and boats! 'Na Rosa' and 'Na hInsí' – his talk was full of them! Ever since she was a child, Nóra had heard about those places, that were less than twenty miles away.

Twenty miles to the West. Half a mile from the house, you could see the lobster pots in the shallows along the shore. Twenty miles would shrink to half a mile; half a mile would stretch to twenty. The two places were black holes that remained invisible and unknown to each other.

Her sister Bríd, the Young Man's mother, had often written to invite Micil and herself over for a visit. She promised she would, but couldn't bring herself to go. She had never been to the West. Micil went – once ...

4

Micil capped his egg as gently as if he was drawing back the covers on a child to see if he was asleep.

The Young Man stirred his tea, then drove his spoon through the middle of the egg, cutting it in half – the blade of an oar slicing a wave.

Nóra had meant to cut the bread herself but forgot all about it until Micil handed the cake to the Young Man:

'Here you go. You've a steadier hand than me, God bless you!'

Micil cut thin slices for himself as carefully as if he were shaving. He put the bread straight into his mouth, pushing it to one side. Because his teeth weren't great, it seemed as though he was reluctant to chew it.

The Young Man gartered the bread, cutting wedges right through to the middle of the cake. Nóra thought of the sharp prow of a currach, the straight stern.

He buttered both sides of the bread. Instead of shoving it straight into his mouth, he held it a couple of inches from his face, then plunged his teeth into it. Such bright, healthy teeth! Like a trout taking bait from a hook. He had spent the previous night regaling Micil and Nóra with stories of dangerous fish – of lobsters' claws, the snap of dogfish and congers ...

Micil was calm and unhurried as a cow chewing the cud. The Young Man ate ravenously, greedy as an eel, watchful as a fox, suspicious as a dog with something in its mouth. He ate as though his food were dipped in blood and eaten fresh after a kill ...

Micil wiped his mouth with the sleeve of his bawneen and left the table.

'I was never any good for work,' he said, tearing a piece of paper from the sugar bag in the window to light his pipe, 'until I had a smoke.'

His back was against the table, his legs crossed, and his face between puffs of smoke, sluggish from sleep, like soggy dough.

'Where's your pipe? ... Here ...' He handed a plug of tobacco to the Young Man.

The Young Man pulled a pouch from his pocket.

'I've plenty here. And a pipe. Anyway, I never take a smoke till later on. My stomach is a bit salty –'

'Sea salt,' Nóra murmured to herself.

'Tobacco is too severe on a full stomach. Last winter I hardly ever took the pipe out until I went visiting at night-time.'

'Fair play to you!' said Micil. 'It gives me all I can do to stay off it when the priest is here for confessions ...'

It was true. Any night he was off the pipe in preparation for the morning, he slept restlessly and didn't get up until she was back from the shop.

She used to see her father hurrying off down the road before the neighbours, with his pipe in his fist. Her brothers too ... There wasn't a man in her family, or in Micil's, who would wait 'till later on' ...

She stared in astonishment at the Young Man.

6

He had arrived late the previous evening. Nóra had things to do. Then Máire Jim came in. The Young Man sat in Nóra's corner; she couldn't see him properly from the other side of the fire without making it obvious.

He had been to the house once or twice before but didn't stay long. Why would he, with only Micil and herself for company? Although he ate with them and spoke with them, his visits made no more impression on her than the odd glimpse she had from the door of hookers sailing by in the bay. Today was the first time she had paid any attention to his conversation, his face ...

A fresh, young face; flushed cheeks; black, bushy eyebrows; rough, sallow skin: his father's colouring ... and that growth in the hollow of his cheek!

A hard, dark growth! A mole!

Neither Micil nor anyone belonged to him had a mole. She didn't have one; neither did her father or mother, or any of her brothers and sisters. Bríd certainly didn't have one. How could she ...?

But Bríd's husband, the Young Man's father, had the same dark mole in exactly the same spot.

7

Micil noticed the Young Man looking at the sootstreaks on the wall.

'I don't suppose you're any good at thatching? The rain comes in on top of us.'

'I'm not too bad at it,' said the Young Man.

'I've been watching and helping thatchers all my life, but I never had a go at it myself. The thatchers these days would rob you blind.'

'True for you.'

'Don't I know it. Nine bob a day. I needed a bit done over there on the south side of the house last year, so I got Ó Droighneáin from Tamhnach to do it. Two days it took him. No hurry on him only three strakes a day! He's very tidy, but still ...'

'If you have the straw,' said the Young Man, 'it's no bother for me to fix it so it won't leak ...'

'God bless you! It isn't everyone could do it.'

'We can all do a bit of thatching in our house.'

'Fair play to ye. Putting a roof on a stack of oats was as much as any of our crowd could do. I wouldn't go up on the ridgeboard, not if I heard the angels of heaven up there singing. God forgive me! I'd get dizzy ...'

'I'd think nothing of climbing a ship's mast.'

'There you are now! Each to his own. I never saw anyone from Nóra's family up on a roof either.'

'So my mother tells me. My father often said that his own father, Réamonn Mór, reckoned he was the first person in his family that wasn't born in a boat. "I was born on the roof of a house," he'd say, "with a mallet in my hand."'

Nóra scalded the milk bucket with boiling water ...

8

Micil harnessed the donkey.

'I'll throw five or six loads of manure into the field beyond,' he said. 'Where's that line that was there a minute ago, Nóra? I have to spread those heaps of black seaweed.'

'I'll do it for you,' said the Young Man.

'You will not! There's plenty of time yet for donkey work. Anyway, you'd be wasting your time trying to lay out the ridges in the east corner until you know the lie of the land. I'm fifty years at it and I still miss the line of the ridge and the furrow from time to time ...'

There was pride in Micil's voice: at last he had a riddle the Young Man couldn't solve.

'Sure I'll have a go at it anyway. You can show me how to do it. All I have to do is spread the seaweed in ridges?'

'It's not as easy as it looks. That field is full of cairns and every ridge has to be in exactly the same place as every other year. We'll start at the bottom, and I'll need to make a few croobawns to let the water drain away ...'

'Croobawns?'

'Now!' said Micil triumphantly. 'There's a big difference between boatmaking and building houses. You're the man for catching lobsters, but I have the measure of Garraí an Tí...'

9

'God bless the work!' said the Young Man, as he stooped his head into the shed where Nóra was milking the cows. 'Micil put the run on me,' he said, laughing.

'Did he?' she said, amazed. The shawl slipped from her shoulders, the end of it trailing into the bucket.

'If he had to leave it fallow, he wouldn't let me next or near the east end of the field!'

'That's Micil for you,' she said. She sounded exhausted but her voice was gentler than it had been during breakfast. The Young Man's good humour had softened it.

'Micil is as jealous of that corner as an eel guarding its young!'

Her own words brought a half-smile to her wrinkled face. She glanced up at him to see if he had noticed her mimicking his fishtalk from the night before.

'Can I give you a hand with anything?' asked the Young Man.

'Like what?'

'Anything at all, seeing as I'm idle. Is this one milking at all, bless her?'

'The yellow one ... She is. She calved two months ago.'

'Have you another bucket, and I'll milk her for you?'

'You? Milk her? She wouldn't give a drop to anyone only myself. Do you know how to milk?'

'I do of course,' said the Young Man easily, without noticing the edge in her voice.

'You don't take after your mother then! I remember at home long ago when we were young, Bríd had no mind for the milking, God bless her!'

'My father teases her; he says all the cows must be dry over here. Himself is better than any woman at the milking.'

'You won't catch Micil milking a cow! Nothing will do him only digging. Even the mention of it would be enough to put a puss on him! My own father was the same – the Lord have mercy on him. And my three brothers ...'

10

When Nóra came back after driving out the cows, the two men were trying out new spades in the house.

'Yours is too light,' said Micil, gripping the Young Man's spade tightly with both hands, cutting the air expertly with it. The bright wood-grain was straight in the smooth handle of the new spade. The wood seemed stiffer than the gleaming metal blade licked by the sunlight that came in through the open door.

'Too light, I'd say. It would be alright back in your place, but you need something heavier over here. This place is full of stones and hard soil, boy ... God bless your innocence! It isn't half wide enough for the likes of Garraí an Tí ...! The bottom of the handle is too spindly. Look for yourself! Who put it in for you?'

'I did it myself the night before I came over. It was easier to carry with the handle in.'

'God you're a handy man all the same! I could put a handle in myself only I'd make a hames of it. I prefer to get Taimín below to do it for me ... Right then! We're off! Up to the field ...'

They headed away, Micil with his spade in one hand and a basket of seed on his shoulder.

The Young Man leaned his spade against the stone fence, and took a set of bicycle clips from his pocket. He gathered the ends of his trousers together and clipped them, then lifted his spade across his shoulder and followed Micil ...

From inside the door, Nóra stared after him as he went through the gap in the yard and out towards Garraí an Tí ...

She thought she was seeing things. Bicycle clips! For planting potatoes! Like the policeman wore when he was searching for unlicensed dogs! ...

No one around here wore spancels like that except the crowd from the mountain, and they had bog holes to wade through.

Micil often had a torn hem of his trousers trailing after him, but he'd as soon tear it off altogether as tie it up like the Young Man had done. Maybe he'd get Micil to buy a pair of them for his own trousers! ...

11

It was only then she realised she hadn't said her prayers; the breakfast had put it out of her head. She set the chair against the table and knelt down in front of the picture that hung by the window, facing the sun. She had bought it years ago at a mission stall.

Nóra said her prayers religiously. These days, she hardly ever stumbled like she used to in the days when it was all she could do to answer the Rosary for Micil. Now, when she felt herself falter, her eyes latched on to the picture:

The Cross exposed on the shoulder of a hill; gentle eyes; the kind head haloed in light and tilted to one side; blood dripping from where the nails had entered the flesh; the woman in the heavy cloak at the foot of the Cross looking up at her Son as the man with the frenzied face pierced His side with the spear ...

At first, when she looked at the picture, she was overcome with envy and spite towards the woman who could at least see her Son, even if He was being crucified ...

After a while, flowers bloomed in the stony soil of her mind ...

There was Mary the Mother of God. The hem of her flowing cloak was a sanctuary for all who were troubled and in pain. The gentle eyes, sweet face, and halo were a cure for all misery. The wineblood on the nails and spear eased every pain. The picture brought the balm of prayer to her parched heart and frost-bitten eyes.

But today, when she looked at it, her eyes were dry. All she could see were flushed cheeks, bushy eyebrows, rough skin, and a mole. There was a mole on the cloak, on the tip of the spear, on the holes made by the nails, on the gentle head, on the brow of the hill, on the wings of the angels above ...

'Hail Mary, full of grace. The Lord is with thee. Blessed art thou amongst women ...'

She tried to keep going but it was no use. Every bead on her rosary was a mole ...

12

She headed over to the field where the two men were working, Micil laying out the ridges, marking them with the line, turning the sod with his spade while the Young Man spread the black seaweed that was scattered in heaps at the bottom of the field.

'They wouldn't waste their time with the likes of this at home,' said the Young Man, grabbing a fistful of seaweed and throwing it impatiently on the line.

He straightened up and looked out to the sea, which was less than half a mile away. He could see the scattered rocks, with their dark coats of thick seaweed, sticking out of the dripping blanket of the ebb tide. Although the spring tide had been receding for a couple of days, he could still see fingers of the shoreline laid bare a long way out – rough, ugly fingers like something spawned by the hostile earth.

'You'd think there'd be plenty of seaweed below there on the shore.'

'There is too,' said Micil, looking down at it. 'There's a whole forest of strapwrack out there on Carraig Bhuí, but what use is it when you can't get at it on foot.'

'What use!'

'You could get as far as the Scothach out there when the tide is out but you'd have to let the seaweed go again with the wind and the current. It's too tricky for a horse or a donkey. The seaweed is shared, but for every man that'd be willing to draw it, there'd be two more that wouldn't. There hasn't been so much as a handful of it cut in twenty years.'

'Twenty years!'

'That's right. The ones that are going now aren't as tough as the crowd long ago.'

'Small wonder ye're short of fertiliser!'

'The best of the black seaweed at the top end is mine. That's some of it there – two years' growth. You can't get seaweed like you used to.'

'Didn't you say yourself there was a forest of strapwrack –'

'Black seaweed, I said. It's worn out. Something wrong with it ...'

'Small wonder and ye skinning the same few rocks all the time! If I had a currach, I'd have a mountain of strapwrack on it ... Not to mind the killing you could make on the lobsters!'

'As if you haven't enough to do!'

'It's a nest well worth robbing, boy, at twenty-four quid a dozen!'

'I caught a small lobster the other day when I was cutting seaweed. Myself and Nóra had it for dinner.'

'If I had my currach, ye'd have them every day of the lobster season. And pollock, mackerel and cod as well, and fish to salt for winter ... I can't believe there isn't a single boat here at the mouth of the sea!'

There was a hint of a smile in Micil's eye as though the Young Man had said something funny.

'Sure there isn't a boat or currach in these four villages.'

'Wait till I see now: there's five, six, eight, nine altogether in our place.'

Nine dark shadows swam into the corner of Micil's mind inhabited by vicious dogs, stoats, bulls and soldiers ... 'I never set foot in a boat. God ordained that we should avoid misfortune.'

'Isn't God on the sea as well as on land?'

'I've watched the sea for more than sixty years and I tell you she's a troublesome mistress – quiet as a girl one minute, a raging hag the next! Bad blood! Fickle as a woman...'

'What harm? If you're used to her ways –'

'Are you telling me there's no harm in drowning! ...'

'If your time is up, you'll die anyway. There's more people killed on dry land than at sea ...'

'God love you! Wasn't everyone belonging to you drowned? Stay away from the currachs, I'm telling you ...'

'I'd rather be up there in the prow than in the finest car ever made: to hear the laths straining under the canvas with the strength of the oarstrokes; the gunwale level with the water; the gripe cutting the sea and the high waves hurling you down like a hat swept away in the wind. I'm telling you, boy! As soon as ...'

'This is no place for boat-talk,' said Nóra. 'Our Micil was never in a boat, nor me, nor my father ...'

13

'Hi! Go easy!' said Micil to the Young Man, 'we have to put croobawns there.'

'I never heard of croobawns back in our place ...'

'Of course you didn't! ... Watery, soapy spuds is all you'd get from that wet hollow without them. Wait now! We'll run them down as far as the bottom from this side of the ridge ... Like this ...'

Micil marked out the shape of the croobawns for him with his foot and the stick he had tied to the end of the line.

'I see now. I noticed some of those in the fields by the road on my way over – little ridges like teeth in a rake ...'

'That's why I asked you not to mark the ridges this morning,' said Micil happily. 'Next time this field is planted, you'll remember to put croobawns in here. By that time I'll hardly be up to it anymore. But you'll get the hang of it if you watch me ...'

'Is it because the ground is waterlogged that you put in the croobawns?'

'Of course. What else?' said Micil, looking pityingly at the Young Man. 'All the water from our side and a fair share from Baile an tSrutháin as well flows into the drain in this field. It floods in winter.'

'Do you know what I'd do with it ...?'

Micil looked uneasily at him.

'I'd make channels.'

'Channels?'

'That's right. When the field is fallow.'

'God bless your ignorance! The cows would soon make a mess of your channels.'

'I'd line them with flags.'

'Flags!' Micil's voice was shaking with indignation. 'You'd be wasting good land ... The best of land ...'

'I wouldn't waste a single sod. I'd cover them over with scraws. The Potato Man would give you a grant for it. We got fifteen pounds at home last year from him.'

'More luck to ye! The Potato Man here gives money to the crowd beyond, but we don't bother much with that kind of thing around here. We go our own way the best we can like we've always done ... Whoa! Wait up! Hold on till I put down the line ...'

The Young Man had spread a thin layer of seaweed along the edge of the ridge without using the line to mark it ...

'Do you use the line for every one of them?'

'I do of course.'

'Think of all the seaweed you'd have spread in the time it takes you to move the marker and set it again! If you were on your own, you'd be up and down the whole time!'

'What would you do so?'

By this time Micil wouldn't have been surprised if the Young Man said he'd sail a currach in the ditch, put a roof over the potato ridges or go fishing for lobsters among the cairns ...

'I'd spread the seaweed without any line. Why not? I can make a ridge straighter than any line. I was in the army for a while ...'

'Is that so?'

Micil took two steps back and dropped the line.

'I thought you knew that. Watch this ... Take aim as if you were firing a gun.'

'A gun,' said Micil in a choked voice.

'Aim your hand at the ditch. Then look for another mark half-way down. Use that pointy stone there as your mark ... Here! You try it now ...! Stand here ...'

'Some other time,' said Micil, moving away towards Nóra who was spreading seaweed below them at the bottom of the field, with her back to them. 'Wait till Taimín and Jim are here ...'

Micil walked up and down the ditch winding and unwinding the line.

'Are you serious? Would you really do it without a line?'

'Half the time we never bother with it at home.'

'That place ...!'

The crust of laughter in Micil's voice didn't hide the pith of insult in his words:

'As for ye lot! Didn't I hear a man from back there tell me the land is so worn out and useless that ye shove seeds in sods of turf and plant them in old boats ...!'

'Would you believe me if I told you we sold a ton and a half of potatoes last year ...'

'Only for you telling me yourself, I wouldn't credit a word of it. The last time this field was planted – six years ago now, we got eight –'

'I'll bet you anything you like you never sold a ton and a half from this field.'

'God love you! This is a great field, a great bit of land altogether. Look at that fine, loamy soil! When I was your age, the blessings of God and His Mother on you, she looked finer to me than the most beautiful lady ...'

'Go away out of that; sure this land is as dried up as the tits of an old hag, and it planted since the time of Adam. We planted our potatoes in a reclaimed patch of bog and didn't even spray them. I was away in the army; Colm and the old lad were too busy at the fishing and the lobsters ...'

'There you are. One foot on land and the other at sea and you end up with neither salt nor honey in your mouth. The land goes to waste unless you look after it. There isn't a day goes by but there's something that needs doing on this place.'

'So I see!'

The broad grin on the Young's Man face reminded Micil of a fish ...

'I'll bet you get as good a crop from this field by doing it my way, Micil. My father used always say that corn grows just as straight on crooked land.'

'People talk a lot of shit, so they do,' said Micil, flushing with anger for a moment.

'The line is only for show, for the neighbours. The crop is what it's all about. You can make ridges until the field is full of them, it'll still be no better! That's what I say ...'

Micil looked as though he'd been struck deaf and dumb.

'Wait till you see how straight this ridge will be without any marker.'

The Young Man started trimming the ridge again.

'For God's sake!' said Micil after watching him for a while. 'You have it as crooked as ... as the gunwale of a currach!'

He pushed the marking stick into the earth beside the ditch. He hurried to place the other stick at the head of the ridge, pulling and freeing the line behind him as he went, as if he was trying to tie down the field to stop it running away. The line got caught in stones, in the seed basket, in the dog's legs, in the Young Man's bicycle clips ...

'Maybe you're right ... Maybe ... I don't know. I've done it this way for fifty years,' he said, backtracking to free the line as he straightened it. 'I never saw anyone around here do it any differently. This is how my father did it. And my grandfather ...'

'My people used a line as well ...' Nóra's open mouth was raw as a cut, between the two men.

14

They covered a large strip of land with seaweed. Then they started spreading manure, leaving Nóra to do the planting.

'Just a touch will do it,' said Micil to the Young Man. 'It's been well fertilised before ... Don't leave it in lumps like that; you'll have it choked with manure.'

They had four ridges covered in the time it took Nóra to plant two.

Micil leaned against a cairn and took out his pipe. Coming from the bottom of a ridge, the Young Man kicked a round stone ahead of him along the ground, then picked it up in his left hand and hurled it over his shoulder onto the stoneheap by the fence.

Micil was right-handed. When he threw stones at sheep, they curved lazily through the air and always missed. Nóra reckoned he'd need a line to hit anything. The stone took root in the Young Man's fist as though it had grown there. The crowd from the West would take the eye out of your head with a stone ...

The Young Man settled down beside Micil against the cairn. He pulled out his pipe. It had a large bowl and a silver ring on the stem.

His knife was big too, with a yellow ring on the end of the handle and a lip that had to be pulled out to open the blade.

He cut a pipeful of tobacco with one stroke and crumbled it with his hard nails. He kept his fingers pressed tightly over the mouth of the pipe while he smoked, as if someone was trying to snatch it from him.

'When that claw gets hold of something, it won't let go of it easily,' said Nóra, watching him out of the corner of her eye.

Because Micil was crouched below the cairn, the Young Man appeared taller than him. She recognised the familiar smoke from her husband's pipe: small, slow puffs coiling along the ground, curling as they were blown by a soft breath of wind. The other dragged thick gusts from his big pipe; his smoke made hooks and claws that tore at Micil's in the air ...

The two men were silent ...

It occurred to Nóra that they were beginning to understand each other.

The cairn was surrounded by a large balloon of smoke, but the Spring air and earth beyond were fragrant and pure as incense.

A truce, for the time being, maybe ...

Sooner or later, the balloon would burst ...

15

'You're left-handed, God bless you!' said Micil to the Young Man, taking off his bawneen and putting it down on the edge of the stoneheap. 'I'm right-handed. Every last one of my family before me was the same.'

'Of course they were,' Nóra said softly, as though talking to herself.

'The old lad at home would have you in stitches telling about the time he had to buy a right-handed spade for my mother ...'

The Young Man pulled off his woollen jacket and flung it towards the stoneheap. In his hurry to get to work, he didn't notice that he had knocked Micil's bawneen on to the ground. Only Nóra saw the edge of a sleeve sticking out from under the jacket at the bottom of the stoneheap ...

'When there's a right-hander and a left-hander together over here,' said Micil, 'each man digs his own furrow.'

'When myself and the old lad were planting those potatoes I told you about, last year, the two of us worked together, one on each side of the ridge ...'

'The man on the open side has the best of it that way, instead of each man digging his own.'

'What harm? Leave this side to me! I'll do it.'

'Fair play to you. We'll each of us do it our own way; we won't be trying to best each other anyway. You're young yet, God bless you, and your hands won't mind the blisters!'

Nóra noticed the edge in Micil's voice. The Young Man was planting a strange new life in the familiar ground of Micil's world ...! She knew no good would come of making ridges that way in Garraí an Tí.

It wasn't long before the good humour was back in Micil's voice:

'Let's get to it then, boy!' he said, heading towards the end of the ridge. 'We'll soon see what you're made of ... We won't be long getting through this lot!'

They started tossing back earth together, Micil inside by the fence, the Young Man opposite him on the other side of the ridge. Gradually, two untidy heaps grew up from the hard skin of the earth, two dark hems on the striped blanket of ground.

Nóra used to say that Micil 'tore up the ground'. But he'd turn the sod as gently as if he was helping a sick friend to his feet. It was like watching someone put his arm around a woman's waist, to see him set his right foot under the spade, then lean to the right as he lifted and turned the sod. As soon as he had turned it, he'd cut a cross in it.

He had a feel for this stretch of land. Small wonder: the Céides had been digging it for nine generations.

He was dead right when he said earlier that the head of the Young Man's spade was too narrow. The earth ran off it into the furrow like water off the blade of an oar. He'd straighten his back, push forward with his left foot, gripping the handle tightly in his left hand, then tense his whole body for the attack. After turning the sod, he stabbed the earth as fiercely as if he was twisting a bayonet in a beaten enemy ...

Watching the backs of the two men as they drew closer to her, it occurred to Nóra that they were not, and could never be, doing the same work ...

The square back, the short neck hunched into the shoulder blades, looked nothing like Micil. He didn't take after his mother at all! Everything about him said he had his father's blood in him, the boatman her sister Bríd had married in America!

As he drew nearer to her along the ridge, her eyes skimmed over his back and face, over the haggart, until they rested like exhausted birds on the fence between the haggart and the north side of Garraí an Locháin ...

Without another look at the two men who were gashing the smooth skin of the earth, she moved away as far as the gap in Garraí an Tí and went into the yard ...

16

She made bread for the tea, then made dinner, cutting the heads off the herring before roasting them on the tongs. She and Micil always ate from the same plate, but today she put out three plates. She took one of the two large earthenware dishes down from the dresser, for the potatoes.

Usually she would only do that on Christmas Day, but her thoughts had been a confused heap for the past four days. She couldn't stop thinking back to last Thursday night when Micil smoked two pipefuls as he sat by the fire after saying the Rosary.

'Why don't you go to bed, Micil? You must be tired after working the flood tide.'

'I am tired. I'm worn out, not that I'm complaining against God about it, but I am very tired!'

'Is something the matter, Micil!'

'No more than usual Nóra. I'm tired, that's all ... I really am ... There was something I wanted to say to you, Nóra ... We're not getting any younger, and the land here is going to waste. It's a shame really, the finest bit of land around ...'

'True for you, Micil, it is too.'

'It is. My own father, Lord have mercy on him, often said it! When he was near the end he said to me:

"I'm leaving the land to you, Micil. You're the ninth generation of Céides on it, the best land in the village, in the whole parish. You can let go your wife, Micil, your horse and cow, the shoes on your feet, your belt or your shirt. But never let go the land of the Céides, even if you have to hold on to it with your teeth from the grave!"'

'Did he say that, Micil?'

'God grant that I not make a liar of a dead man, Nóra! If he saw the weeds in the Garrantaí Gleannacha for want of drains, or the heaps of briars taking over in Páirc na Buaile ... And then there's the pool ... Do you see the sooty dribble down the wall there ...'

'True for you, Micil.'

'To make matters worse, I have no mind for planting this year, even though there's little enough to plant.'

'Are you that bad, Micil?'

'I am and I amn't. I'm able enough for a day's work, but I don't feel the same grá in my bones any more for the spade ... I'd prefer to just give a hand to someone else.'

'We'll pay a man to do the work, Micil. We have enough to pay a labourer.'

'An old boar would do a better job then that crowd! And they'd rob you into the bargain. 'Twould be cheaper to buy potatoes. The potatoes aren't the real worry in any case. It's the land that nine generations of the Céides have sweated over I'm worried about, going bad as the Garlach Coileánach.'

'You wouldn't know what to do, Micil.'

'What I was thinking, Nóra, is if we don't do it now, we'll have to do it in a few years' time ...'

'You wouldn't know what to do, Micil.'

'You would not. True for you. There isn't a Céide left in Ireland we could leave it to. None of the crowd in America will come back. They were asked often enough. That leaves your sister Bríd in the West. What about that son of hers?'

'A fine strong young man, but ...'

'But what?'

'No buts at all ...'

On Friday morning, Micil got a lift in a lorry to the West and signed over the land to his wife's sister's son.

He had been to the house two or three times before and spent a few hours of a Sunday afternoon with them, bringing the bustling shadow of the world outside into their quiet life.

From now on, she'd have to conceal any resentment she felt towards the Young Man who'd be under the same roof as her.

Twenty times since Thursday night, she told herself she'd love him like an aunt should.

From Thursday night to Sunday night the thought of him was a beam in her eye.

He had come last night before dusk, dragging the darkness with him into her house ...

17

After the dinner she went to make the beds.

As soon as she went into the room, the Young Man's Sunday clothes on the back of the chair caught her eye. He left them where they'd be seen anyway! You'd know he was here to stay!

And they were so neatly folded! She was always giving out to Micil. He'd leave his clothes any old way. She was a fine one to talk, as he said himself! She often left her own in an untidy heap ...

Where was the deep furrow Micil's head left on the pillow? ... It was as though it hadn't been slept on at all! What business would a boatman have with a pillow! The short neck hunched between his shoulderblades! ... Perfect for sleeping on a plank! A light sleep, so light it wouldn't disturb the covers ... any more than a drowning disturbed the surface of the sea! ...

Nóra had no idea how the bedclothes could be so neat – in one smooth mound like a wave in the Caoláire during bad weather. When she folded them down, the bed was as smooth and unruffled as a calm sea! ...

She was about to leave the room, when she noticed an envelope that wasn't there before, shoved in behind the mirror.

She pulled it out and two pictures fell from it. One was a picture of a hooker tied up at the pier, his father's boat.

The second picture showed a house with fish drying on the thatched roof; oars leaning against the wall; a marshy field stretching beyond the house to a stony fog-drenched hill. His father's house ...

There was a woman there as well. A young woman; her back and her behind arched like a hook, grinning ...

Nóra raised the picture to the light ... A conger eel would laugh like that! A brazen woman, without a gentle bone in her body ... A woman from the West ...

There was a third picture: the same woman; and a man. Dark eyebrows ... It was him; with his arm around the woman ...!

So that's how it was! He was great with a girl from the West! She was the one bright apple of his eye. The match she and Micil would make with Máire Jim, or Jude Taimín, or some local girl wouldn't be good enough for him ...!

He'd bring a stranger from the West into their house in spite of them! A woman who would rear a brood of strangers around them. A bitch of a woman who would claw Micil and herself ...

Nóra threw the pictures down by the window ...

She was still flushed even after she had finished tidying up.

Now she could go back to Garraí an Tí to lend a hand.

From the yard, she could see the two men had turned the field as far as the brow of the hill.

Her eyes moved as quickly as they had before dinner, as they had for the past four days. As soon as Micil had set off for the West, Nóra's eyes had looked to the north side of the haggart and kept returning there like a bird to its nest ... Such a struggle for the past four days to stop her legs from following her eyes! Last night, she couldn't stop them any longer ...!

Micil could see her from the field, hesitating at the gap in the fence. She went back into the house to cut some more seeds ...

Last night, when Máire Jim was going home, she had gone as far as the gate with her. Afterwards, she couldn't bring herself to go straight back in. She went into the haggart and headed along the fence of Garraí an Locháin. The high fence cast hunched shadows from the low moon into the field, making her hurry past; that and her fear that Micil would come looking for her ...

If she joined the two men now, she would have to work on the hill and Micil would notice her eyes drifting away to where she had gone last night ... The hill swelled like a hard, pregnant belly, higher than the surrounding fences. The haggart, part of Garraí an Locháin, and part of the boundary fence with Baile an tSrutháin to the east, where she came from, could be seen from the hill ...

Garraí an Locháin. The boundary fence. The cairn ...

She'd be better off cutting seed potatoes. She couldn't help her feet following her eyes ... in spite of Micil.

Micil came in and lit his pipe.

'The flame went out on us,' he said, 'I'll have to take a sod out with me.'

Nóra looked straight at him, the panels of her cheeks drawn together as she smiled. She said nothing.

'You've enough seed there for four days, Nóra. If you could come out and plant some of them for us ...'

'I need to cut plenty now there are two of you,' she said weakly.

Her husband looked away. He looked around him awkwardly, then right at her:

'The Young Man is a great worker, Nóra. The best! No word of a lie! He's handy anyway!'

'A man that would dig ridges without a line!'

'Well maybe he's not as neat as the next man. The spade is the real problem, it's too narrow. I told him that. Of course, he has his own way of doing things; each to his own, as they say. He'll soon get the hang of our ways. One thing's for sure, he won't let the land go to waste ...'

Micil took a seed potato from the basket, examined it and wiped the dirt from it with the tip of his finger ...

She said nothing but flung a dud potato into the basket ...

'He says he'll cut a few seeds this evening,' said Micil, picking up where he had left off. 'It won't be long till you can leave the lot to him, Nóra!'

She threw another dud in the basket.

'And he can use a scythe as well, and make baskets. We won't have to depend on Taimín anymore to make a few baskets for us. And Seán Thomáis had me robbed last year when I got him to do the reaping down by the Cladach ... There was no eye in that one you put in the basket just now, Nóra!'

'Let him do it so, since neither of us is any good at it, Micil!'

She put the knife down on the lower part of the dresser and sat by the fire.

'He has the right knife for cutting them too.'

'A fisherman's knife; they all have them when they're fishing for lobsters.'

'Mind he doesn't stab you with it! He was in the army, Micil!'

'Lots of men join the army!'

'He'll bring a woman from the West into your house ...'

'Ara, God help you, woman!'

'He'll kill you with a stone. He has the same bad blood in him as the rest of the crowd back West.'

'Ara, will you have sense!'

'He'll make you go out in a currach so you drown ...'

'God bless you, woman! Do you think I'd set foot in a currach for him? Anyway, the good man wouldn't ask me to! He's the most obliging man you could meet. What have you got against him, Nóra? I can find no fault with the lad ...'

'But Micil ...'

'But what?'

'The mole!'

'The mole?'

'On his cheek!'

'He can't help that. God put it there.'

'Not God, Micil, his father. He takes after his father and his father's people, every inch of him.'

'That's no disgrace, God bless him; whoever he takes after, he's a great worker. The best! He's so handy ... Here, Nóra, get a move on, and head over to the field ...!'

They walked outside to the end of the house.

'I don't suppose you're finished on the hill yet?'

'How could we, and it full of stones like a quarry? My father, God bless him, used to say it was Conán's pouch. "It was that hill in the east side of Garraí an Tí," he'd say, "that put blisters on the Céides' hands." He should know! If you go over now, we'll have it turned by this evening ...'

All that was left in the north end of the haggart was a small stack of wet, miserable hay, the leftovers of winter ... Micil turned his head.

'The hill is tough as an old mule. Even my father said so. It would take two good spademen a whole day sweating until nightfall to get through it ...'

His hurried speech made the worry in his voice more obvious ...

'Maybe you'd better cut some more seeds after all. It won't take long for two to plant them. He's a great hand with the spade ...'

He stumbled as he went through the gap and the sod fell from his hand. He left it there. The flame had gone out ...

20

Something was wrong with the house: the house where nine generations of Céides had been reared: the house that she had married into – one of the Catháins from the next village over: the house that had been left exactly as it was for thirty years, as long as she and Micil had lived together – she couldn't believe it was the same house.

Something was wrong with the house today ...

Nóra put her hand on the chair, the table, the dresser, the keeler ... She looked up into the rafters. She routed the cat from the fireside and banished the dog out to the yard ...

There were things happening that the Céides and Catháins had never done:

A currach tacking in the keeler with Micil at the oars: Micil thatching on top of the dresser, reaping on the table, marking ridges in the ashes without a line ...

The twisting serpent of the 'Cuigéil' was coiled around the ridgeboard. The sharp-toothed dogsnout from the 'Rosa' was sucking the sooty streaks from the wall ...

The cat jumped up from the 'crayleagh'. 'Between the devil and the deep,' she hissed as she fled across the fire away from Nóra's boot ...

She didn't recognise the dog stretched on the floor. He had black eyebrows and ... a mole ...

It was a stranger's house ...

She had put on her shoes and the patterned shawl this morning in a stranger's house. Before breakfast, she had taken out the ashes from a stranger's house. In a stranger's house, she had cut the heads off the herring, and set a cup and saucer, an eggstand and earthenware dish on the table ...

The Céides and Catháins never did anything like that, not even for their children ...

Her own children wouldn't go to the bog on an empty stomach ... She'd give them their tea in mugs ... The bottoms of their trousers would be trailing when they went to the field ... Her sons would laugh at her if she suggested they milk cows or cut seeds ... They wouldn't make baskets ... They'd have no time for currachs ...

The last thing they'd do would be to dig ridges without a line ...

She wouldn't need to watch what she did and said all the time. They'd have the same faults as herself. She'd pick a local girl with the same faults for Micil Óg and she'd see another Micil Óg in the house before she died ...

No she wouldn't. All she would see were the children of a boatman from the West ...

21

She sat down again to cut more seed potatoes. Once or twice she rubbed the left side of her head. The same clicking noises that kept her awake last night were bothering her again. She didn't try to stop the secret voices in her head any longer. They were almost a comfort to her – dark as the cry of a thrush, the plop of frogspawn, the humped shadows of the low moon last night in Garraí an Locháin ...

Garraí an Locháin. A cairn. Shadows ...

There were five of them: Micil Óg, Nóirín, Pádraig, Colm, Peige ...

Micil Óg. He was my firstborn, the hardest one of all. Michaelmas Eve of all nights. I felt a pain in my heart. I thought it must be the cock I had for dinner ...

Pádraig was born in March. Garraí an Tí was planted that year. I remember Micil was at the east end of the field. It was after dinner. God knows how I managed to get as far as the door to call him ... What am I saying? It wasn't Spring; it was Christmas. The pain was terrible. That's how I remember. The stabbing pain in my chest ...

The darkness of her troubled mind pushed through her thin skin, smoothing out the wrinkles on her face. She couldn't tell which was which. Always, in the end, she had to name them in the order she wished they had been born ... Micil Óg, Nóirín, Pádraig ...

Today the pretence was useless as shattered spectacles ...

How could she tell whether they had been boys or girls...? Was the first one a boy at all ...?

It was all made up – Micil Óg, Nóirín, Pádraig ...

All lies from start to finish, her dreams pretending to be real, blinding her ...

They were born dead; all five stillborn; not one of them born breathing.

If only she could have seen them alive, even for the blink of an eye, and heard a baby cry under the blanket! Or felt the soft gums even once on her breast! To have hugged a baby – a warm, living bundle – even once before it died!

She heard nothing, felt nothing, hugged nothing ...

Like unhealthy limbs, like a diseased part of her own body, they had been spat out of her like the gallstone that had nearly killed her. Gallstones ...

If they had survived until they were grown up: so she could see her husband's eyebrows, his arched back, and slender neck on the boys, her own mother's tapering fingers and blond hair on the girls. Micil's bright face, his homely talk, and easygoing ways ...

Had they lived. Even for a year. A week. A day. Even a minute ...

At least she could have grieved for them; spoken their names without fear or shame; prayed for them with a clear conscience; chatted to the neighbour women about them ...

Cite Thomáis, and Cáit and Muiréad were lucky ... Their children had died as well! But at least they saw them; kissed them. The memory of their dead children would be a bright sunroom in the wilderness of their pain forever ...

A ray of sunlight knelt down outside the window ...

Mary the Mother of God was lucky! Her Son was being crucified; but at least she could see Him! ... And she would see Him again ...

Nóra envied them all. That's why she was so reluctant to visit her sister Bríd in the West. Bríd had her children around her. And she never stopped talking about the ones that had died ...

Nóra didn't even get to name hers. She was afraid to even mention them. Useless threads ...

They were taboo in this world and the next. Whenever Cite Thomáis spoke of her own dead children, she'd say they'd all be waiting for her when she died, with candles in their hands to light her way to heaven. Each one of Cáit's little ones would be an angel 'bright as a new shilling', calling out to her 'Mother, Mother' at the gate of heaven ...

Too unclean to be saved; too clean to be damned ... A displeased God, not an angry one ... The diseased black sheep of eternity ... Chained to a pillar, unwanted by God or the devil – 'in a dark place without pain'.

No matter where she ended up, she would never see them again ...

Still separated in the hereafter ... But at least her dust and theirs would be together at last ...!

Even that was denied her. She'd be buried in the consecrated ground of Cill an Aird. They were buried in the boundary fence between Baile Chéide and Baile an tSrutháin, in ready-made boxes, secretly in the night, unseen by all except the stars, cold, poisonous stars that never shed a tear ...

22

She rubbed her head again, gently, as if she were touching a wound ...

Five pregnancies, five illnesses, five hard labours, five awful defeats ... Frustration ... Hope ... On a see-saw between the two all those years ...

The fifth time had nearly killed her ... The doctor said she couldn't conceive again ...

God was deaf to her prayers ... Micil was sullen:

'Down there ... Over there ... Up there ... Put them out of your head for God's sake ...'

He wouldn't tell her where he had buried them; that was the hardest blow of all ...

The first hint she got of Micil's secret was like a gift of sunlight in her memory. It was shortly after the last labour. She was in the yard, away from the open door, listening to the gentle lapping of water in the bay. The Dublin priest with the beard was writing down Micil's old sayings, as he did every night since he came to visit ...

'One more thing before I go, Micil ...'

In an instant, Nóra forgot about the lapping of the Caoláire, her ears pricked up like dogs scenting a bone, as she stood inside the door ...

'Where did ye bury unbaptised babies around here?'

God forgive him, even if he was a priest. What a question to ask!

Micil had to repeat his answer three times before the priest could make the words out from the tangled bandages of his hoarse voice ...

'In the boundary fence ... Between two villages ... Like you said ... Between two townlands ...'

A boundary fence!

Nóra had heard that too. She knew from Cite, Cáit and Muiréad where all the unbaptised babies born in the two villages were buried. But it never occurred to her before now that her own could be in the boundary fence too. She always imagined they must be in some out of the way place:

The moors above the village where the lambs kept bleating in August after they were weaned ... The edges of the mountain lakes among the reeds, the clover and the water-lilies, where grumbling ducks took flight from strange sounds late at night ... The corner of a stone fence where the animals might shelter, and a calf that had just been bought could be heard lowing sadly for his own yard ... An exposed sand-dune by the Caoláire ...

But she was wrong. They were right there in the boundary fence between Baile Chéide and her own village ...

Right by her own door ... Maybe ... On her own land ... Maybe even in Garraí an Locháin. It was the only one of their fields that bordered on Baile an tSrutháin ...

Nóra took another bundle of seed potatoes from under the bed in her room ...

Her smile was as hollow as the potatoes she had just cut as she thought back to the day Micil moved the cairn from the middle of Garraí an Locháin and piled it up again by the boundary fence between their land and that of the Curraoins in Baile an tSrutháin. That knocked the husk off Micil's secret!

As soon as she saw what he was up to, she realised. Every other grave site the women told her about in the two villages had a cairn marking it. People had always piled stones over the dead ...

'That's where they are, Micil! In the boundary fence ...!

The large round stone fell from Micil's hands.

'Go on away home,' he said, his narrowed eyes small as two bright flies in his head, 'and don't let the Devil make a fool of you with your carry-on ... The stones were using up good land ... My father used to say if it wasn't for the stones and the pool it would be the best hayfield he had. I'll drain the pool as soon as I get a chance ...'

The knife went right through the potato, cutting her hand. The blood kept dripping as though her finger was trying to scratch her thoughts on the white surface of the seeds ...

Micil's lame excuses about the stones, the day she discovered the secret burial place, made her want to laugh ...

Who'd have thought they were right there outside the door? She could visit them every day; any time she wished, she could see where they were buried. She'd salute them on her way to the well, to wash clothes, or milk the cows. They would be a bright stream of quicksilver through the rough, stony ground of her days, through the grey drudgery of her life.

The wound of grief would bleed forever in her heart, now there was a marker right in front of her eyes where she could relieve her sorrow. A hundred times a day she could remind herself that she was a mother ...

By now, the late afternoon sun was a red plate in the southwest over the Caoláire, shining though the window and the open door. Sunlight poured down on Nóra's grey hair as though it were determined to ripen the thoughts in her head ...

Sweet memories of Garraí an Locháin ... For years after she had discovered Micil's secret, the field was kept as a meadow, its fences pointed, with no gap for a cow or a person to get in to interfere with the cairn or disturb the stones.

After the first few years, Micil no longer objected to her having it to herself. The cairn by the boundary fence was hers, the cowslip that peeked out from underneath it, the hip shoots that pushed their way through the stones, the warbling of the tits and sparrows that settled on top of it, gently making themselves at home ...

Today, the time she had spent in the shelter of the cairn by the fence, darning a sock for Micil or sewing a jacket for herself, was a stream of sunlight in Nóra's heart. Other times, she'd lean against the pile talking to the Curraoins on the other side of the fence, chatting about anything at all, for as long as they wished. Mostly she just sat there, looking and listening:

To the plop of frogspawn in Spring on the flag-covered bank of the pool; watching caterpillars in Summer, with their dry, agile skin, crawling to the tip of a blade of grass, or listening to mice scurrying from the old haycocks in the haggart. In Autumn, she'd see steam rising from the scummy water of the pool in the warm sun, and on dry winter days, clouds straggling across an empty sky.

They were all hers, the frogspawn, the caterpillars, the mice, the steam and the clouds – threads in the fabric of her dark consolation.

Nóra put down the knife ...

She could hardly believe now that she used to chase the children of the village out of Garraí an Locháin; they loved going there to float their flag boats on the pool. She begrudged the parents the happiness of their children. After she discovered where her own children were buried, she was delighted when they came. As she sat by the cairn, their cheerful noise from the hollow by the pool set lightbells tinkling in her heart. They were hers now, and she spoke to them in her own voice, the soft gentle voice of her own mother:

'That's enough now! If ye trample the grass, Micil will have a fit.'

But as soon as they came skipping towards her, with their flushed cheeks and muddy feet, out of breath from running, the old bitterness took hold of Nóra again, a black, smouldering shadow darkening her eyes. They were not her children.

The bitterness passed as quickly as it came:

'My Micil Óg hasn't come back yet ... He's hiding beyond the hill ... And you tell me Nóirín is floating flag boats on the pool. Where did you leave Pádraig and Colm and Peige, Jude Taimín ...? Come over here to me, Máire Jim. How old are you ...? Ten. You're big for your age, God bless you! You say you're a year older than Jude Taimín. Off ye go and play now like good girls, and don't let my Nóirín get her bib ruined in the pool. If Micil Óg flattens the grass, tell him his father will take the stick to him this evening ... Máire Jim and Micil Óg are the one age, and my Nóirín is just a month older than Jude Taimín. Nóirín is taller though. She takes after my mother. She was a tall woman too. What she doesn't have in height, Jude will make up for in width. All Taimín's family were stocky ... They're two fine good-natured little girls – Jude Taimín and Máire Jim. In time, God willing, either one of them would make a good wife for Micil Óg ...'

24

A potato she was about to cut fell from her hand, rolled as far as the door and out over the worn threshold into the yard. Nóra went after it ...

In the blinking sunlight, she caught a glimpse of the steel spades, quick teeth devouring the earth and a light cloud of dust rising from the powder-dry hill of Garraí an Tí ...

Before she sat down again, she turned the stool so it was facing away from the closed door. She felt a slight chill in her back. The sun had faded from the door and window, and the floor was flecked with dark shadows which seemed to have a life of their own in the quiet, empty house ...

Nóra would never forget the salt tears – the worry, the pain, the sin – that forced their way up through the bright fields of those memories of Garraí an Locháin ...

The children taking stones from the cairn to mark base or play Ducksey; wiping off the dung of the cattle that grazed there in winter until the new grass was ready; taking away the rubbish the Curraoins threw on top of the cairn, without anyone noticing; flinging black snails as far as she could over the boundary fence ... Trampling ugly, hairy caterpillars into the earth, then taking to the bed for three days after, sick to the pit of her stomach ... Micil complaining during the Summer that the young ones from the village were flattening the grass in Garraí an Locháin ... He got some satisfaction giving out like that ...

She remembered clearly how agitated she was when part of the cairn fell down, as she waited for a chance to fix it unbeknownst to her husband ...

It was very wet one day.

'I'll go down to Taimín's to get him to put a couple of half-soles on my boots for me,' said Micil.

After a while, Nóra hurried through the haggart behind the cocks and the stack of hay. Micil was there, in the howling gale, rebuilding the fallen pile ...

'Did you get your boots soled?' she asked when he got back to the house.

'He didn't have a last.'

'You're saturated. How did you manage to get so wet between here and Taimín's?'

Micil looked at her. His cheeks were flushed. He looked away from her and spat out of the corner of his mouth into the ashes ... But he was in foul humour for a week after.

Micil also had good reason to remember the time they were making a road through the village. It was his fault that he wouldn't wait half an hour at the house until the road gang had moved on. Nothing would do him only to go straight to the other end of the village:

'Come on! Those sheep have to be spancelled. That eejit over the road has just warned me this minute to keep them away from his ...'

'Another half-hour, Micil.'

'Half an hour! It'll be dark by then. The day is short ...'

'But ...'

'But what?'

'The road gang.'

'What about them?'

'The cairn,' she said, in a choked voice. 'They'll take the rocks! I've been watching it since they arrived ... We need those rocks ourselves, don't we? For a new shed ...'

Even now she couldn't tell whether it was anger or pity she saw in Micil's eyes, or a hint that she should stay behind. He left straight away and had the sheep caught and spancelled by the time she arrived.

When they got back, the cairn was gone, grafted on to the body of the road, among the mute stones from the fields all around ...

That night she went out to look at the road in the moonlight. A waste of effort. Every stone was the same on the raw, new road ...

All that was left of the cairn in Garraí an Locháin were some small pebbles which hadn't been worth collecting and loading on the workmen's barrows. Nóra gathered them into a small pile, which was still there to this day, a cold, lonely heap sheltered by the fence, like fallen masonry in the corner of a ruined church ...

What she remembered most clearly – like a huge, dark bird puncturing the thin skin of the years – was Micil's surly silence, which lasted for a long while after the stones were taken away ...

But Nóra could say nothing.

That was what tormented her most – that she had to remain silent forever about the cairn and the five children. She could say nothing to Micil, or he'd lose his temper; nothing to Cite Thomáis, to Cáit or Muiréad; not a word while they went on about their own dead children: how long they lasted, what killed them, how well they looked after them; the year, the day, the time they died, the graveyard where they were buried; how they grieved for them; how they went to the cemetery to say a prayer for them; how they never forgot to ask God's blessing for them during the Rosary every night ...

And the things the women said to her:

'I'd pray for yours too, Nóra, you poor thing, but it wouldn't do them any good. They say there's no use praying for unbaptised children. They're sent to a dark place with no pain. God help us!'

Every word, every syllable, every sound they made was a festering sore in Nóra's heart ... She began to avoid the other women altogether. What a terrible thing to say – that it was no use praying for them!

How many times had it been on the tip of her tongue to ask Micil, as they sat by the fire at night before the Rosary, would it be a sin to say a prayer for them? She was certain he'd say it wasn't. But he said nothing. The very mention of them was enough to put him in foul humour ...

She began to lose faith in prayers; it wasn't long before she stopped praying altogether. That went on for years, her days like a series of frames with no pictures, her heart as dry as the inside of a nut, until she had to go to hospital to have the gallstone removed and the priest questioned her during confession ...

Nóra put down the knife and put a hand to her head ...

How she'd struggled to do as the priest told her ... to put the women's talk out of her head ... to avoid what was left of the cairn, and Garraí an Locháin altogether ...

She had tried her best ever since. She didn't go to the north side of the haggart any more if she could avoid it. The fence was built up high where the step from the haggart into the field had been. Micil promised to drain the pool, to keep the young ones from the village away: the same empty promise made year after year by the Céides, from one generation to the next. She made herself go to Taimín's well for water, wash clothes in the little stream in the Buaile, milk the cows in the Tuar, away from the house ...

Ever since then, the black hole in her heart had been closing, bit by bit ... Her prayers set a peaceful lullaby singing in her heart, and hope rushing through her mind ...

Until today ...

Today, there was nothing in her mind only a huge mole; nothing in her heart only a small heap of stones sheltered by a boundary fence ...

25

Today, her mind had flung off the warm blanket the priest had wrapped around her and huddled down once more by the smoking ruin of her thirty years in the house ...

The two men returning from Garraí an Tí dragged her back again, reminding her that the Spring evening was far from finished, that it was time to prepare feed for the cattle and do the milking.

Micil went to bring in the cows. The Young Man sat by the fire and lit his pipe. Nóra noticed him looking at the sooty leak on the north wall again.

When she had finished the milking, she came in to find the dog playing with the Young Man. His front paws were on the Young Man's knees as he tried to lick his mouth. She hooshed him away crossly and he headed for the yard.

'Making up to a stranger like that,' she said, following him out.

She took the feed to the calf. Micil was at the gable end, leading the donkey to the stable.

'Take the stranger with you when you go visiting,' she said.

'Mind he doesn't hear you! What's wrong with you at all, calling your sister's son a stranger?'

They stayed in that night. The Young Man cut seeds until it was too dark to see the eyes. Then he asked for a last and hammer, settled himself on a stool, set a candle on the table beside him and began mending a pair of Micil's old boots.

Nóra was by the fire knitting a sock, her eyes absorbed in the fluent movement of the needles. She didn't look up until it was time to heap the fire. The Young Man was bent over the boot, the candle-light on one side of his face making the other side appear even darker.

She concentrated again on the sock, her fingers working the needles even faster. All she saw was a mole ... five moles...

She left the sock on the window ledge. She would have to unravel part of it ...

'Where are you off to?' asked Micil.

'I think I might have left the door of the henhouse open. The fox might ...'

'Wait a minute!' said the Young Man, getting up and going to his room. 'There's a flashlamp in the pocket of my new jacket, in case it's dark outside.'

He came back almost immediately with the lamp: a sleek, slippery thing in his big, strong fist. He pushed the button and shone a blade of light on to the window.

Nóra took the sock with her to her room.

'Where did you get that gadget?' said Micil.

'I bought it.'

'The only people I ever saw with a yoke like that were the police. One night I was coming from Taimín's place, the fat policeman was at the top of the road, shining it on to the cyclists.'

'They have them in all the shops back in our place. They're very handy if you have to check on the cows in the shed on a dark night.'

'I use a lantern and candle,' said Micil.

'This is much quicker,' – he switched it on again – 'take it,' he said, handing it to Nóra as she came back to the kitchen.

'I want nothing to do with it,' she said under her breath, backing away out through the door.

26

The door of the henhouse was shut. It was the last thing she had done this evening.

She stood at the gable, as she often did during the night. The snore of the sea across the stepping-stones on the shore comforted her.

The last thin trace of the crescent moon was far away in the West, perched uneasily on the shoulder of a thick black cloud, the misshapen shadow of a false moon huddled against its hollow breast ...

It wasn't long before the black cloud parted, letting the changeling-moon fall through. All that was left was a little half-light at the edge of the darkness.

There were only a few bleary stars left but you'd have to look closely to see them, they were so obscured by clouds. The sky was unwelcoming; cold and empty.

She listened to the Caoláire moaning. It never stopped moaning, the hard, breathless gasp of an old man on his last legs ...

Carraig Bhuí made a hollow, rushing sound, as the undertow spurted through the bloated black seaweed below. Nóra thought she could see a bright ruff on the surface of the water, where the wind peeled back the skin of the sea and ripped it asunder with a great howl on the submerged rocks at the tip of the Scothach ...

It was cold comfort for Nóra tonight. Even the Caoláire was against her – a ferocious dog goaded by a stiff wind from the West, barking viciously at her ...

Strange that she should have spent a lifetime looking at the Caoláire without ever thinking, until last night, how far west it ran.

It went a long way – as far back as Na Rosa and Na Cuigéil; to a harbour where a hooker lay at anchor; to a house with a stony, fog-drenched hill and a swamp behind it...

And there was another woman looking out on the Caoláire tonight, listening to the roar of the sea. The other woman was thinking that the river ran a long way to the east. To a place where there was no island or inlet or narrow channel; no big, awkward seaclaws tearing chunks out of the shoreline; a place where the road ran easy and straight as a bird to its nest. He had gone out that road east along the Caoláire. He was out there now; but he wouldn't be long coming back. For her. And he'd bring her back with him –

the woman who was waiting out West by the Caoláire, listening to the roar of the sea ... A strong woman. A dogwoman ...

Nóra started. She thought she had heard something. She pricked up her ears in the wind. But it was only the sound of the hammer from the half-open door.

The dog came up to her, wagging his tail.

'You – you – you – ,' she said, and kicked him hard.

Her foot slipped on the greasy slab by the gable where she cleaned off the little shovel every day after taking out the ashes. She reached out to steady herself and touched something. It was a spade, leaning against the wall.

There were two spades, one longer than the other, leaning against each other at the far end of the house ...

She lifted the one in her hand, so she could see the footrest; the darkness clung to the gable like moss. There was no need to look. As soon as she touched it, she could feel Micil's mark on the spade, after a single day's work. There was a groove in the footrest and a softness in the metal – the softness of a hand on a baby's head, Nóra said to herself ...

She put Micil's spade at the southern end of the gable, facing the moon. Then she threw the Young Man's down to the northern end. But she picked it up right away, and brought it over to the small fence at the end of the cowshed. This time she used both hands, hurling it as far as she could down the hill to the dungheap ...

More of their notions, the crowd from back West, bringing their spades home in the evening ...

27

When she went back inside, Micil was still talking about the devastation the fox had left behind him.

'I have a double-barrelled gun at home,' said the Young Man.

'I never touched a gun in my life. No one around here has one.'

'I was on the First Battalion team, in the rifle competition at the Curragh one year. Those little lakes you mentioned, with the geese and wild ducks, are they far up the bog? ... They'll rue the day! I'll have ye eating like kings, as soon as I bring my little beauty back ...'

'A gun went off in a house over that direction last year. Someone could easily get killed, God between us and all harm ...'

'Why would anyone get killed?'

The Young Man laughed.

'Why not?' said Nóra. 'There'll be no guns in this house...'

They ate their supper in silence.

After the Rosary, the two men sat by the fire again. It wasn't long before Micil lit his pipe again.

'Time for bed,' said Nóra.

'This Young Man must be tired, God bless him, after his day's work,' said Micil. 'It would be easier to dig the Caoláire than that hill out there. I tell you it's not a bad day's work for two men, to dig up "Conán's pouch" in Garraí an Tí. Herself might go over and plant some of it for us tomorrow ...'

Nóra was getting a candle. She lit it and put it at the head of the table, for the Young Man.

'I have my own light here,' he said, taking the clips from his trousers. 'It's handier ...'

Nóra blew out the candle without another word ... She wouldn't dream of offering Micil Óg a candle. He'd go to bed without any light, just like herself and her husband. She'd go straight down to his room as he was about to lie down. She'd look for something or other in the corner, or fiddle with the check curtains in the window. She might take away some clothes of his that needed patching. Before she left, she'd be sure to ask was he warm enough ...

That's how she'd say good night to Micil Óg ... how she used to say good night to him ... the only habit she had been unable to break, for all the priest's advice ... until tonight ...

Tonight there was someone in the room that was no relation at all to herself or her husband: the son of a boatman from the West ...

28

The two men went to bed.

Nóra sat on the stool by the fire and spread her legs over the heat, something she hadn't done all day. That was always the best way to warm herself.

In the dim light of the kitchen, the fire – what was left of it – was a black and red mesh in which every imaginable shape was swimming and winking ...

It wasn't long before Nóra's lonely eyes were hypnotised by this strange pantomime ...

A bottle of castor oil; bread cut in wedges right into the middle; a cup and saucer and eggstand; a knife with a lip on it; a pillow without a mark; a little paper envelope; a flashlight. Flushed cheeks; black eyebrows; a mole ...

The mole was there in the little gap in the fire ... Nóra grabbed the tongs and raked quickly through the embers ...

The day was over. But it was only the first of hundreds, of thousands of days the stranger would be in the house ...

The stranger was taking shape again in the uneasy heart of the fire, his neck as thick as a policeman's belt, his back as broad and strong as the prison door in Brightcity ... And a mole ...

The mole was there again. It swelled till it covered the whole fire, then spread out over the house and into the yard. It was mending boots on the table, thatching the roof, planting potatoes in Garraí an Tí, in currachs off the Scothach in the Caoláire ...

Nóra raked the fire again ...

It was no use. Two stumps rose from the flame, two stumps that were hard and fast as handcuffs, as flexible as a chain ... They stretched out until they had surrounded all of the Céides' land from top to bottom ... They grabbed Micil by the hair and threw him face down into a currach ... They dragged him kicking up to the roof and stood him up on the chimney, put a gun in his hand, pointing at his forehead ...

That wildwoman emerged from the embrace of the two stumps with a flashlamp in her hand ... She pressed a button and the light shone on Micil's heart, and on Nóra's ... Then she laughed out loud ...

The wildwoman kissed the mole and vomited, covering the whole of the Céides' house, their land and shore ... When they emerged again, the house and land and shore were no longer theirs ... Instead, there was a house shaped like a currach ... The ridges were wide at the bottom and narrow at the top, like a gun ... There was no hay or corn or ferns in the haggart, only an enormous lobster with his claws reaching out to grab hold of Micil ...

The wildwoman and the two stumps were making a channel under the boundary fence in Garraí an Locháin ... They made Micil take the stones from the cairn and put them along the sides and across the top of the channel ... The stranger stuffed clumps of earth into the mouth of the channel, ripping them apart like a beaten enemy ... Herself and Micil were under his spade ... The woman and the stranger laughed out loud ... The woman kissed the mole again ...

Nóra was trembling on the stool. She heard the clicking noise inside her head and felt something heavy stirring below her chest. She grabbed the tongs and jabbed the fire until the embers glowed from one side of the hearth to the other.

She got up with a start, pushed the blanket of warm embers to the centre, and covered them over with ashes. All that was left was a sad, grey, mouldering heap without as much as a thread of smoke or a flicker of flame to be seen.

She got five or six sods of turf and pushed their thin heads into the impotent heap, before covering them over with another layer of ashes.

There was nothing to see in the banked fire ...

29

She walked the length of the floor a few times, then gently took the basket of mangolds from the press and set it down by the back door.

She took the tin lamp from the nail in the wall, held it in one hand and opened the door of the press with the other. The noise of the hinge squeaking as she lifted the lid almost made her drop the lamp. She listened for a moment. The only sound was in her own body, in her head, chest and left hand ...

She started rummaging in the press, taking out a bundle of old clothes and other bits and pieces. She had to push the dull, flickering light right into the press before she found what she was after ...

She combed her hair back carefully, gathered it in a bun and put the high comb she had found in the press through it to keep it in place. The orange comb in her grey hair gleamed like a tongue of fire through a cloud of smoke ...

She took off her patterned shawl and wrapper and put on the cashmere shawl and velvet dress she hadn't worn since her wedding day ...

She put the light down on the windowsill. The cashmere, the coloured velvet and the comb brightened her eyes and the faded parchment of her cheeks. She stretched her hand out to the light in the window, and it shone on her wedding ring – a Claddagh ring, with a heart in the centre. The dim light cast strange shadows on the gold so that it seemed more like a worm on a stalk than fingers touching a heart ...

She lowered the lamp until it was just a weak beam lighting the holy picture on the window ledge ...

Nóra looked up quickly at the picture ... All she could see was the mole ... A mole on the tip of the spear ... A mole where the nails entered the flesh ...

30

She went to the door of the Young Man's room and listened to him snoring softly.

She unbolted the door of the house, went out and closed it quietly behind her.

The moon had sunk very low and tongues of darkness were already licking the ground. Only a few dim stars remained. She covered her face in her hands as a gust of wind from the West clawed at her wrinkled cheeks ...

She almost slipped again on the stone that was greasy from the ashes. She was still blind from the light of the lamp, and had to feel her way through the darkness that lurked at the foot of each ditch and wall, especially at the gable end of the house. She took hold of Micil's spade, gripping it tightly to her until she felt the cold iron against her thigh, through the moth-eaten velvet. The she walked up the haggart, past the haystack as far as the high fence of Garraí an Locháin.

There used to be a gap there when Nóra visited the field. When she came out of hospital, she insisted it be closed and the whole fence built up head high. A single stone of the old stile was left jutting out a couple of feet above the ground on the haggart side. Nóra stood up on the stone just as she had done the night before to look into the field to see the pile of stones she hadn't looked at for years ...

It had fallen ... the rocks scattered like rosary beads given to a child to play with ...

She tightened her fingers around Micil's spade ...

31

A thrush in Páirc na Buaile began calling anxiously, its voice swallowed up in the belly of the wind. It had cried out later than this last night ...

Nóra listened again ... Slup slap, slup slap ... Only the plop of frogspawn in the pool. She had heard it at the same time last night. It was always like this in Spring – a low, stubborn, squelching sound. For all that, there was an element of anxious happiness threaded through it ... A motherly pain.

She could no longer see the scattered stones. The cairn was now a horrible mole pushing against the darkness left huddled against the fence by the fading moon.

She rammed the edge of the spade into the earth behind her as a prop and reached out towards the fence with her other hand, to knock it down.

Before she could attack the fence, she felt a heavy weight pressing down on her hand. A sudden thought stopped her in her tracks. What if they weren't there? What if she had been wrong about the boundary fence all those years? What if it were another lie, as insubstantial and untouchable as Micil Óg, Nóirín, Pádraig ...

What if there was no reason at all for Micil's anger with her over the cairn, over Garraí an Locháin?

What if they had been buried all along, as she had thought at first, at the edge of a lake or in the bog, in a ditch, or a sand-dune by the Caoláire? Somewhere she could never find, where they were closer to the lambs and the calves, to the wild geese and seagulls, than to herself, her house, her world. How could she know for sure?

32

The stars had hardened to lumps of ice. The wind carried the sound of a screeching thrush from Páirc na Buaile. The wheezing chanter of the Caoláire and the moaning drone of the frogs in the dead night were a black dirge that no longer stirred her senses.

She tried to wipe away the vicious ghosts from her eyes and ears, the ghosts she had buried in the ashes, which were emerging again from the pools of darkness in Garraí an Locháin, over the high fence and into the haggart. She stood there with one hand on the fence, gripping Micil's spade in the other ...

Micil's spade. Why had she taken it from the gable end? ... As a crutch to lean on as she stood on this narrow, hostile flagstone by the fence ...! Could she, in the space of a few minutes, do what needed to be done to banish the doubts and the ghosts that had plagued her all day?

It was easier now the cairn had been scattered ...

The first shovelful she lifted, she kept on the spade ... She bent down and fingered through it as carefully as a girl running her hand through a lover's hair ... Small stones. That was all ...

She lifted a clump of dry earth that turned to dust in her fingers ...

The spade hit something solid; something softer than stone ... There was something else there ...

She used her hands to clear away the earth and then began grubbing with her fingers.

A box ...!

It budged slightly, then came away altogether ... But it crumbled as soon as she touched it. The box disintegrated and fragments of splintered wood were swept away by a cruel wind.

'Micil Óg, little Micil, darling Micil! Michaelmas Eve of all nights. Why didn't I bring the lantern!

She bent right down to the earth searching with her eyes, searching ...

A hand touched her shoulder. Micil, her husband, was behind her:

'There's no good praying for them ...'

There was no trace of anger in his voice ...

'They're in a dark place without pain ...'

He was crouched down beside her, both of them sifting the earth with their fingers, their eyes searching ...

But he could see nothing either in the faint light, nothing but mouldering earth, crumbling clay ...

The two of them kept looking and searching with desperate fingers.

The wind too was fingering the earth ...

She covered her face with her hands ...

That wildwoman was throwing earth in her face ...

She had closed her sleepless eyes for a moment. Now she opened them again. She felt the lump in her chest swelling and pushing up into her throat. She had to hold on to the fence with both hands to keep from falling. All the stars were gone, leaving complete darkness like a thick fluid trickling from the grey cup of the heavens. But she could still see. She was used to the dark by now.

She could see the boundary fence clearly, towering over her in the darkness. At the bottom, the pile was scattered – like the dead ashes on the hearth.

She stepped down off the flagstone. The spade had fallen down beside her in the haggart when she had almost blacked out. She picked it up and flung it over the fence into Garraí an Locháin. Micil's spade! She hadn't the heart to tear the earth.

33

She sat by the fire. Her head and heart were pounding.

'I wish I hadn't banked the fire!'

The hearth was cold: a heap of dead ashes surrounded by sods of turf.

One, two, three, four, five sods. Five misshapen sods, like small fists jutting out of the ashes. Five mounds of earth.

She huddled closer to the fire, shivering.

Her heart was cold. The stones in the fence were cold. And the calves. The wild geese. The white gulls.

She rubbed her eyes. But there it was, like quicksilver in the fire. Straws of smoke were pushing their way up through the ashes. One ... two ... five.

One of the sods caught flame; a fumbling, hurried light that climbed awkwardly through the air, sending shadows skipping across the dark floor.

Nóra raised her head.

Her body was shaking like a leaf in the wind.

Her eyes groped through the darkness, which was now retreating from the quick flames.

She looked at the wisps of smoke, like stalks of corn sprouting from the earth, then covered her head with the velvet dress and cashmere shawl.

It was no use.

The priest in confession had said faith could ...

She looked at the window where a thin light shone on the holy picture.

She straightened up, went to the window and looked up at the picture. She turned up the light on the tin lamp, then quickly lowered it to a flicker as a haze obscured the image in the sudden light.

She took the picture into the middle of the room where it was dark and looked again.

As soon as she glanced at it, she went down on her knees.

It was true.

The picture too, was turning to straw, silver straw, with rust tarnishing the silver.

The dreary picture was taking shape before her very eyes. The point of the spear was ablaze, roses blooming where the nails had pierced the flesh; precious stones where the wounds had been; the halo a wildfire raging round His head.

The angels beat their wings as they descended on the Cross. Mary's mantle was spreading, her eyes brighter than the lightning that ripped the night sky apart over the bay to the west. The sun fell from the sky into her hair. But her face was still shrouded in sadness.

People crowded into the room. In spite of herself, Nóra stretched out her hand. There was her mother. There was no mistaking the slender fingers and fair hair; and Micil's father with his slim neck, broad back and soft eyebrows.

Another group gathered in front of the Cross.

Sacred Heart! It was them, Micil Óg, Nóirín ...

She couldn't see their faces. They kept them turned away but she could see the dust cloud in front of them as they gazed at Mary and her heavy cloak.

'Mary Mother of God, save them! Hail Mary ...'

'My Son ...'

'They have not tasted the wine of baptism. They will go to a dark place without pain. '

'The mothers! The mothers! Look at them, Son!'

She pointed to Nóra.

'In a dark place ...'

'I carried you nine months in my womb, my Son ...'

'You did, Mary Mother of God; I carried five of them! Look at them! Look at them! Micil Óg ...'

She touched the hem of her cloak:

'Mother of God, ask him to send me to the dark place instead ...'

The stars fell in a shower of confetti upon the Cross. A million bells rang out 'He is risen'. The cloak swirled suddenly and swept up all those beneath it.

Sunlight poured through the smoke and dust in an instant. Nóra saw the rust fall from the silver strawshoots as they became golden ears of corn and shot off into the sky where Mary covered the right arm of the Cross with her mantle.

Mary's mantle and a baby's head; slender neck, soft eyebrows, laughing ...

Nóra's heart leaped:

'Hail Mary ...'

The dog whined under the door.

When he came looking for her, Micil found Nóra stretched in front of the fire with the picture held tightly in her hand.

In the flickering firelight the wrinkles on her face had gone and her eyes seemed alive.

The wind had died down and the Caoláire breathed gently on the sleeping shore. A soft rain made pools on the old roof of the house, in the ashes at the gable end, in the fresh earth that had been newly dug today in Garraí an Tí ...

Aill Mhór: the big cliff
An Bhuaile: the booley, a milking place in summer pasturage
An Caoláire: the large sea-inlet
An Charraig Bhuí: the yellow rock
An Cladach: a field by the shore
An Leac: the stone slab
An Leacachín: the small, stony field
An Scothach: a rocky ridge extending into the sea
An Tuar: the pasture/lea
Baile an tSrutháin: the village of the stream
Baile Chéide: the village of the Céides
Bun Locha: (a village) the bottom/ lower end of the lake
Ceann Thiar: (a village) the westernmost end
Cill an Aird: the church of the hill
Cill Ultáin: (a village) Ultán's Church
Cnoc Leitir Bric: the hill of the hillside of the trout
Garraí an Locháin: the Poolfield
Garraí an Tí: the Housefield
Gleann Leitir Bric: the valley of the hillside of the trout
Leitir Bric: the hillside of the trout
Meall Bán: the white mound
Na Cuigéil: the narrow sea-channels
Na Garrantaí Gleannacha: the Valleyfields
Na hInsí: the islands
Na Rosa: the headlands
Na Rua-Thamhnaigh: the reddish-brown uplands/bogs
Páirc na Buaile: the Booleyfield
Páircín na Leice: the little field of the stone slab
Poll na hEasa: the pool of the waterfall
Tamhnach: upland/bog
Trosc na Móna: the turf hollow
Tulach an Fhéidh: the low hill of the raven

Tá na haistritheoirí buíoch díobh seo a leanas as a gcúnamh: Angie Roche, Samantha Williams, Caoimhín Ó Marcaigh, Seán Ó Mainnín, Maura Kennedy, Tomás Hardiman, Iontaobhas Uí Chadhain, Cló Iar-Chonnachta, Ionad an Léinn Éireannaigh, Ollscoil na hÉireann, Gaillimh.

The publisher is indebted to colleagues in Clé - Irish Book Publishers' Association, the Irish Copyright Licensing Agency, NUI, Galway, The Arts Council/An Chomhairle Ealaíon and Bord na Leabhar Gaeilge.